iBT+IELTS+GM

文法狀元的獨家私藏筆記

不只「讀」，還要用「聽」的，來學寫作

邊讀邊聽，加強文法概念及擴充字彙同時增加英語語感

協助靈活運用文法、字彙的最佳利器
將文法自然而然地融入在實際生活情景
以聽的方式熟悉學術用句，浸在外語環境中耳濡目染，
不再為文法規則所困
流暢地用英文『寫』出想法，
成功地在iBT、IELTS、GMAT寫作上拿到高分

本書特色

- **3**大篇的寫作文法進階概念
- **120**個超給力例句，每一個超給力例句皆有
  - + 文法解析
  - + 核心字彙擴充
  - + 外師錄製MP3
- 綜合**120**個例句的解析加強版文法

MP3

Preface 作者序

在 IBT、IELTS、GMAT 等的考試中，不管題型設計上、對檢測學生的語文能力要求、採用這些考試成績的機構或學校，在其本意上其實是相同的。在閱讀跟文法上，其實是在既有的文法基礎上不斷增加訊息，其中包含詞類、句子的變化等等，訊息的增加也表示著，在語意跟表達上更為充分、更符合學術英文要求，也正因為如此而構想出此書。

在傳統文法考試以及英文檢定考試上的成績，與實際在口說和寫作的應用上其實是有落差的。而此書配以 MP3 使讀者在學習時輔以 MP3，使讀者在理解後，不斷藉由閒暇時間聽，強化自己學習文法跟寫作的能力，就等同無形中沉浸在外語環境中耳濡目染，養成反射動作進而逐漸累積語句的組成，不會再為文法規則所困擾，且能靈活運用。

另外此書在撰寫時已略過許多細節性的文法介紹，以及例句均為編撰或為了押韻，不見得符合現況，此外書籍在撰寫上疏漏難免也敬請各方賢達不吝指教。另一方面也相信在準備iBT、IELTS、GMAT的考生在使用本書後，寫TPO、IELTS劍橋雅思真題時更會如虎添翼，不會在文法基礎不夠的情況下或不熟悉語句組成而先寫了一堆題目卻只感到無盡的挫折感，最後要誠摯感謝倍斯特出版社給予本人此機會撰寫此書。

韋爾

Editor 編者序

根據一項統計顯示，在托福加考作文項目之後，臺灣考生的平均托福成績曾經一度跌到全球倒數第十名的行列。而許多專家表示，如果要大幅提昇寫作的成績，就必須打破一般大眾的迷思，不僅僅是多加練習就可以改善，而是還要再加上多讀、多聽，以「多讀」增進字彙及片語、「多聽」訓練語感並加強記憶。

本書的企劃，便是來自這樣的概念再加上作者多年英語學習的經驗、以及在 iBT、IELTS、GMAT 等各式考試寫作上獲得高分技巧的分享。許多考生在經過充分準備之後，往往能在閱讀、文法等的項目得到明顯提升的分數，但唯獨在寫作上卻苦於無法得到明顯的成效。如果您有這樣的煩惱，建議您詳讀本書，相信能幫助您在英文寫作上有顯著的進步！

倍斯特編輯部

Contents 目次

Lesson 3 名詞與主動詞一致

Lesson 4 篇章回顧

Lesson 1

分詞構句

分詞構句句型其實常見於日常聽、說、讀、寫中，故將其獨立於本書的文章章節中，將其在文法考試之外能做更廣泛的運用，與實際生活情境作更多結合。

Let's talk in English !

分詞構句

什麼是分詞

分詞其實是由動詞演化而成，可分為以 Ving 形式的分詞和以 p.p.過去分詞兩種。

現在分詞包含了主動意涵。而過去分詞包含被動意涵，但兩者都當形容詞使用，置於冠詞/定冠詞和名詞中修飾名詞，例如 a **satisfying** result（令人滿意的結果），或者是在句中當主詞補語或受詞補語，例如 talking to a bossy client is **frustrating**（和跋扈的客戶交談是令人感到沮喪的）。

分詞構句解析

分詞構句是由副詞子句簡化而來，其中又分成現在分詞（即以 Ving）和過去分詞（即以 p.p.），分別引導現在分詞構句和過去分詞構句。

本章主要探討【分詞構句，S+V 的句型】，以 40 個常見的分詞構句列於攻克要點的例句作解析。

分詞構句：

現在分詞構句：【現在分詞構句，主要子句（S+V 的句型）】

過去分詞構句：【過去分詞構句，主要子句（S+V 的句型）】

常見分詞構句列表

1. based on 以…為基礎	2. (commonly) found （普遍於…）發現
3. (extremely) disappointed 對…感到（極度）失望	4. (highly) developed （高度）發展…
5. known for 以…聞名	6. covered with 覆蓋著…
7. (accidentally) introduced （不經意地）…引進、引入	8. composed of 組成
9. failing to 無法…	10. camouflaged into 偽裝成…
11. fascinated by 沉迷於…	12. (totally) satisfied （全然地…）滿意
13. (deeply) seduced （深受）…所迷惑	14. (widely) recognized into （廣受）…認可、認定
15. faced with 面臨、面對	16. impressed by 對…感到印象深刻
17. delighted by 對…感到欣喜、愉快	18. (miraculously) surviving （奇蹟式的…）生還
19. commonly dependent 普遍仰賴於	20. (originally) used 原先…為所使用

21. preferring to
偏好、偏愛

22. confused with
感到…困惑

23. (initially) serving
（最初是）…充當

24. dedicated to
致力於

25. found (exclusively)
（只於…）中發現

26. eradicated by
由…毀滅、破壞

27. (immediately) copied
（立即）由…所複製

28. written by
由…撰寫

29. (ultimately) earning
（最終…）賺取

30. deluding
哄騙

31. qualified for
具…資格

32. (completely) overwhelmed
（完全）由…所掩沒

33. frightened by
對…感到驚嚇

34. excited about
對…感到興奮

35. accustomed to
習慣於…

36. forced to
被迫…

37. equipped with / native to
配有…/原生於

38. (initially) designed
（最初）設計是…

39. dissatisfied with
對…感到不滿意

40. completed on/located in
於…完工/…位於

句子組成

將簡單的句子加入相關資訊，並加以修飾，使其句意更加的完整也更為優美，是寫作上拿高分的技巧之一！

STEP 1

➲ Based on the fairy tales, the new book has certainly aroused readers' attention.

根據童話故事，此書確實吸引讀者的注意。

STEP 2

➲ Based on the **adaptation** of the fairy tales, the new book has certainly aroused readers' attention.

根據童話故事改編而成，此書確實吸引讀者的注意。

文法解析

由前句加了 adaptation，成為 the adaptation of the fairy tales（由童話故事所改編的），而本來的主要子句內容仍維持不變。

STEP 3

➲ Based on the **loose** adaptation of the **famous** fairy tales, the new book has certainly aroused readers' attention.

根據著名的童話故事以隨意性改編方式而成，此書確實吸引讀者的注意。

文法解析

由前句分別於兩個名詞 adaptation 和 fairy tales 前，加上 loose 和 famous 兩個形容詞，成為 the loose adaptation of the famous fairy tales（根據著名的童話故事以隨意性改編方式而成）。而本來的主要子句內容則維持不變。

STEP 4

➲Based on the loose adaptation of the famous fairy tales, **such as Snow White and Cinderella,** the new book has certainly aroused readers' attention.

根據著名的童話故事例如白雪公主和灰姑娘以隨意性改編方式而成，此書確實吸引讀者的注意。

文法解析

由前句加了表舉例的 such as 和所舉例的項目 Snow White 和 Cinderella，而本來的主要子句內容仍維持不變。

★such as A, B, and C 表舉例

STEP 5

更改主要子句內容

➲Based on the loose adaptation of the famous fairy tales, such as Snow White and Cinderella, this **novel has not only reached socially wider buyers, but also set the best-selling record on Amazon.Com.**

根據著名的童話故事例如白雪公主和灰姑娘以隨意性改編方式而成，此小說暢銷書不只觸及社會中更廣泛的讀者群，也締造了亞馬遜書店最佳的暢銷紀錄。

文法解析

置換本來的主要子句內容 the new book has certainly aroused readers' attention，由主詞 novel 開頭發展成另一句 this **novel** has not only **reached socially wider buyers**, but also **set** the **best-selling record** on Amazon.Com.，藉由此更改而成了另一句。

1~5 例句在分詞構句許多細節上的更改包含加上名詞片語 the adaptation、名詞前加上形容詞、加表舉例的 such as，句子內的訊息更為具體充實，再來經歷更改主要子句內容而成了 KEY1。

超給力例句

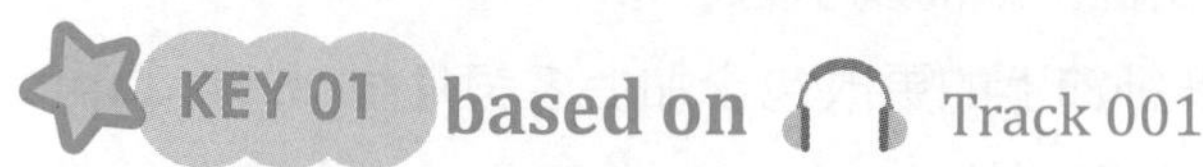

KEY 01 based on Track 001

Based on the loose adaptation of the famous fairy tales, such as Snow White and Cinderella, this ❶novel has not only ❷reached ❸socially ❹wider ❺buyers, but also ❻set the ❼best-selling ❽record on Amazon.Com.

根據著名的童話故事例如白雪公主和灰姑娘以隨意性改編方式而成，此小説暢銷書不只觸及社會中更廣泛的讀者群，也締造了亞馬遜書店最佳的暢銷紀錄。

文法解析

主要子句主詞→this best-selling book

主要子句動詞→has reached, (has) set

由 1~5 例句在分詞構句許多細節上的更改包含加上名詞片語 the adaptation、名詞前加上形容詞、加表舉例的 such as，句子內的訊息更為具體充實，再來更改主要子句內容而成了 KEY1。

字彙

❶ **novel** 小説

❷ **reach** 抵達、達到

【同】approach, land, come to, arrive at

【反】start

❸ **socially** 在社交方面、在全社會中

❹ **wider** 較寬闊的、較寬廣的

❺ **buyers** 買主、採購

❻ **set** 放、置、豎立、使處於（特定位置）

【同】place, position, arrange, fix

【反】rise

❼ **best-selling** 暢銷的

❽ **record** 紀錄、記載

KEY 02 commonly found Track 002

❶Commonly ❷found in the ❸eastern part of ❹Africa, ❺guinea fowl, one of the ❻fastest ❼running ❽birds in Africa, is such a ❾remarkable ❿creature that it can run as fast as 20 ⓫feet per ⓬second.

於非洲東部常發現其蹤跡，珠雞為非洲鳥類中能快速奔跑的鳥類之一，牠是如此卓越的生物以致於其能每秒能跑近 20 英尺。

文法解析

主要子句主詞→guinea fowl

主要子句動詞→is

由 commonly found 加上所發現的地點非洲東部，而主要子句由主詞 guinea fowl，加上同位語 one of the fastest running birds in Africa 補充說明主詞特性，而動詞後加上 such… that（如此…以至於），最後在以 as fast as 表示能跑到的程度。

- one of the…（…之一）：當主詞時，one 為單數，故其後須加單數動詞，其後名詞片語後的名詞為複數，如 one of the fastest running birds，其中 birds 為複數。
- 表示程度相等時，用 as+原級+as 形容像…一樣。

字彙

❶ **commonly** 普遍的、平常的、一般的

【同】usually, generally, frequently, for the most part, ordinarily

❷ **find** 發現、找到、察覺

【同】discover, detect, learn, ascertain

【反】hide, forget, lose

❸ **eastern** 東方的、東部的

【同】easterly, eastward, east, Oriental

【反】western

❹ **Africa** 非洲

❺ **Guinea fowl** 珠雞

❻ **fastest** 最快的；fast 的最高級 fast

【同】rapid, speedy, swift, quick

【反】slow, sluggish, tardy, slowly

❼ **running** 奔跑的

❽ **bird** 鳥類

❾ **remarkable** 卓越的

【同】unusual, noteworthy, extraordinary, exceptional

【反】inconspicuous, unemphatic, unflamboyant, unnoticeable, unobtrusive, unremarkable, unshowy

❿ **creature** 生物、動物

⓫ **feet** foot 的複數，腳、足，在這做英尺解釋

⓬ **second** 秒

KEY 03 extremely disappointed Track 003

(1)**Extremely** (2)**disappointed** by Lenox's (3)**performance** both in the photo shoot (4)**challenge** and (5)**on-stage** photo (6)**acting** (7)**shoot**, Tyra Banks, the (8)**hostess** of the America's Next Top Model (9)**eventually** disqualified her which made Kelly and the (10)**audiences** (11)**astounded**.

對琳奈克斯於相片挑戰和舞臺上相片表演拍攝，感到失望透頂，泰拉班克斯，美國名模生死鬥的主持人，最終竟然判琳奈克斯出局，此舉使得凱莉和許多觀眾都大吃一驚。

文法解析

主要子句主詞→Tyra Banks

主要子句動詞→ disqualified

此句為由短對話所衍生的，由主持人 is disappointed at Lenox's performance，及說出"I'm going to give you a one"，當時另一評審 Kelly 則說出"holly crap"代表對給予 1 分感到震驚。

故由分詞構句 extremely disappointed by Lenox's performance，加上在那兩項表現，而主要子句主詞為 Tyra Banks，在加上同位語(the host of the America's Next Top Model)補充說明其身分為何，最後在以 which 引導的子句子說明導致的結果(which made Kelly and many audiences astounded)。

字彙

❶ **extremely** 極端地、非常

【同】 greatly, especially, immensely, intensely, surpassingly, uncommonly, vastly, wildly

【反】 little, negligibly, nominally, slightly, somewhat

❷ **disappointed** 失望的、沮喪的

【同】 discouraged, depressed, disillusioned, dissatisfied

❸ **performance** 演出、表演

❹ **challenge** 挑戰、質疑、指責、異議

【同】 objection, complaint, demur, difficulty, protest, question

【反】 answer, solution

❺ **on-stage** 台上

❻ **acting** 表演

❼ **shoot** 拍攝

❽ **hostess** 女主持人

❾ **eventually** 最終地

【同】 yet, finally, someday, sometime, sooner or later, ultimately

❿ **audiences** 觀眾

【同】 spectators, viewers, listeners, hearers

⓫ **astound** 感到驚訝

【同】 amaze, astonish, surprise, dumbfound, shock, startle, stun, thunderstrike

KEY 04 highly developed Track 004

Highly ❶developed for ❷maintaining ❸adequate ❹internal ❺fluid ❻balance, some ❼desert animals ❽are able to ❾survive in such ❿harsh ⓫environments for a long time.

高度發展出能夠維持足夠的內部體液平衡，有些沙漠動物能夠於嚴酷的環境中長時間生存。

文法解析

此句由分詞構句 highly developed for，其後加上 maintaining（維持）以及所需維持的部分為何，加上 adequate internal balance 表示為維持足夠的內部體液平衡，完成此分詞構句。

再來填寫主要子句內容分詞構句，全句由 some desert animals 展開其後加上 be able to（能夠…）以及動詞 survive，故成為 some desert animals are able to survive，最後加上 in such harsh environments（表示地點）以及 for a long time（表示時間），意謂著有些沙漠動物能夠於嚴酷的環境中長時間生存，完成此句。

字彙

❶ **develop** 先進的、發達的
【同】grow, flourish, mature, progress
【反】decline, decay

❷ **maintain** 維持
【同】keep, uphold, possess, support
【反】abandon

❸ **adequate** 足夠的、合適的
【同】acceptable, respectable, satisfactory, serviceable, tolerable
【反】deficient, inadequate, insufficient, lacking, unacceptable, unsatisfactory, wanting

❹ **internal** 內部的

❺ **fluid** 體液

❻ **balance** 平衡

❼ **desert animal** 沙漠動物

❽ **be able to** 能夠

❾ **survive** 生存、存活

❿ **harsh** 嚴酷的

⓫ **environment** 環境

KEY 05 known for Track 005

❶Known for their **❷keen ❸vision** to **❹spot ❺elusive ❻prey**, some birds can **❼impressively ❽find** their prey even within a few seconds.

以其銳利視覺能力，而能輕易察覺出隱蔽的獵物而聞名，有些鳥類令人感到欽佩，因其能幾秒內就能找到獵物。

文法解析

主要子句主詞→some birds

主要子句動詞→can find

分詞構句由 known for（以…聞名）加上 keen vision，而 keen vision 又使其能夠，其後在加上 to easily spot elusive prey 表示使其能夠輕易察覺出隱蔽的獵物，也可於其後在加上 and to+V2 表現出除了 to spot elusive prey 外，keen vision 所附加的能力還那些[to easily spot (V1)⋯ and to + adv+V2⋯]。

最後主要子句句子加上主詞、助動詞、副詞、動詞、受詞、介詞片語完成此句。

字彙

❶ **known** 已知的

❷ **keen** 銳利的

【同】sharp, cutting, fine, acute

【反】dull, blunt, obtuse

❸ **vision** 視野、視線

❹ **spot** 察覺

❺ **elusive** 隱密的

【同】evasive, fugitive, slippery

❻ **prey** 獵物

❼ **impressively** 印象深刻地；impressive（adj）

【同】affecting, emotional, impactful, moving, poignant, stirring, touching

【反】unaffecting, unemotional, unimpressivebirds

❽ **find** 發現

【同】discover, detect, learn, ascertain

【反】hide, forget, lose

KEY 06 covered with Track 006

<u>Covered with</u> ❶thick ❷layers of ❸fat under their skin, ❹polar bears have no problem at all in ❺extreme ❻harsh ❼environments, but ❽massive ❾ice sheets ❿melting ⓫resulting from ⓬rising temperatures has made their ⓭living paradise much more ⓮inhospitable.

在其皮膚下方覆蓋了一層厚的脂肪，北極熊能不費吹灰之力的生存於極度嚴酷的環境中，但溫度上升所導致的廣大冰山融化，已使得牠們的生存天堂更不適合牠們居住。

文法解析

主要子句主詞→polar bears

主要子句動詞→have

分詞構句由 covered with 展開，加上 thick layers of fat 厚的脂肪層，再加上脂肪層的所在位子 under their skin 完成分詞構句。

主要子句 polar bears 展開加上 have no problem at all in extremely harsh environment，其後加上對等連接詞 but 連接另一句子，but 後主詞 massive ice sheets melting 加上 resulting from（導因於）rising temperatures（溫度的上升），再加上 has made（已使得）their living paradise much more inhospitable 完成主要子句。

字彙

❶ **thick** 厚的
❷ **layer** 層
❸ **fat** 脂肪
❹ **polar bear** 北極熊
❺ **extreme** 極端的
❻ **harsh** 嚴酷的
❼ **environment** 環境
❽ **massive** 大規模的
【同】hefty, heavy, ponderous, weighty
【反】light, weightless
❾ **ice sheet** 冰山
❿ **melting** 融化
⓫ **resulting from** 導因於
⓬ **rising temperature** 溫度上升
⓭ **living paradise** 生活天堂
⓮ **inhospitable** 不適合人居住的
【同】hostile, inimical, jaundiced, mortal, negative, unfriendly, unsympathetic
【反】friendly, hospitable, nonantagonistic, nonhostile, sympathetic

KEY 07 accidentally introduced Track 007

❶Accidentally ❷introduced from other ❸nations by ❹passengers, some ❺plant ❻seeds can ❼breed so ❽fast in ❾local ❿surroundings that ⓫indigenous ⓬species can be ⓭threatened by them.

當於其他國家旅行時，不經意地由人與花的花粉或植物種子的接觸而引進，有些植物種子能在當地環境中快速繁殖，以致於本土種深受其威脅。

文法解析

主要子句主詞→some plant seeds

主要子句動詞→can breed

分詞構句由 accidentally introduced 加上 through（透過/藉由…）human contact，另加上接觸到的是 seeds of plants or pollen of flowers，再加上由 while 引導子句表示在其他國家旅遊時(while traveling in other countries)。

最後完成主要子句，以 so… that（如此…以致於）串起在當地環境的生長速度快以至於所產生的影響為何。

字彙

❶ **accidentally** 不經意地

【反】intentionally, designedly, deliberately

❷ **introduce** 引進

【同】inaugurate, institute, launch, innovate

❸ **nation** 國家

❹ **passenger** 乘客

❺ **plant** 植物

❻ **seed** 種子

❼ **breed** 繁殖

❽ **fast** 快的

❾ **local** 當地的

❿ **surroundings** 環境

⓫ **indigenous** 本土的

【同】aboriginal, autochthonous, born, domestic, endemic, native

【反】nonindigenous, nonnative

⓬ **species** 物種

⓭ **threatened** 威脅

【同】warn, caution, advise, admonish

KEY 08 composed of Track 008

Composed of ❶fancy ❷gift bags, an ❸irresistible ❹ice cream van, ❺playful ❻clowns, ❼well-trained monkeys, ❽somewhat ❾old-fashioned ❿bouncy houses, and ⓫a large swimming pool, Judy's ⓬grand birthday party is on such a large ⓭scale that it has not only ⓮received attention from all the ⓯neighborhood kids who wish that they had an ⓰invitation, but also has become a ⓱heated topic among parents and school teachers.

由豪華禮物袋、令人難以抗拒的冰淇淋車，逗趣的小丑、訓練有素的猴子、有點過時的跳跳床和大型游泳池，朱蒂豪華生日派對如此大的規模，不只吸引了所有鄰近地區小孩子們的目光，期盼有受到邀請，而且也成了父母和學校老師間熱烈討論的話題。

文法解析

主要子句主詞→Judy's grand birthday party

主要子句動詞→is

由片語 composed of 引導的分詞構句表示（組成…），加上六項組成要件 fancy gift bags, an irresistible ice cream van, playful clowns, well-trained monkeys, somewhat old-fashioned bouncy houses, and a large swimming pool。

接著主要子句以 Judy's birthday party 加上 is on such a large scale that（表示規模如此大以至於），其後在以 not only… but also…（表示不只…而且）連接起兩個動作 receive attention from all the neighborhood kids 和 become a heated debate among parents，其中的 kids 後又再加上關係代名詞子句補充説明 kids 是指那一群希望能受到邀請的孩子 (who wish they had an invitation)。

❶ **fancy** 豪華的

【同】 complex, complicated, detailed, elaborate, intricate, involved, sophisticated

【反】 no-frills, simple, unfancy, unsophisticated

❷ **gift bag** 禮物袋

❸ **irresistible** 無法抗拒的

❹ **ice cream van** 冰淇淋車

❺ **playful** 嬉鬧的

❻ **clown** 小丑

❼ **well-trained monkey** 訓練有素的猴子

❽ **somewhat** 有點

❾ **old-fashioned** 過時的

❿ **bouncy house** 跳跳房

⓫ **a large swimming pool** 大型游泳池

⓬ **grand birthday party** 豪華生日派對

⓭ **scale** 規模

⓮ **receive** 接受

⓯ **neighborhood kid** 社區小孩

⓰ **invitation** 邀請

⓱ **heated** 熱烈的

KEY 09 failing to Track 009

Failing to ❶convince his ❷voters that ❸rising house ❹prices and low ❺income were the ❻trigger of the ❼economy ❽downturn in 2009, this ❾experienced ❿candidate ⓫eventually got ⓬beaten by a young and ⓭uprising ⓮adversary.

無法說服選民高房價跟低薪為 2009 年景氣低迷的誘因，資深的候選人最終敗給了敵營的後起新秀。

文法解析

主要子句主詞→this experienced candidate

主要子句動詞→got beaten

分詞構句由 failing to convince his voters（無法說服選民），加上 that 子句兩個因素（rising house prices 和 low income），加上 the trigger of the economy downturn in 2009（為 2009 年景氣低迷的誘因）。

最後完成主要子句 this experienced candidate eventually got beaten by a young and uprising adversary（資深的候選人最終敗給了敵營的後起新秀）。

字彙

❶ **convince** 説服
【同】persuade, assure, promise, guarantee

❷ **voter** 選民

❸ **rising** 上升的

❹ **price** 價格

❺ **income** 收入

❻ **trigger** 誘因、引起

❼ **economy** 經濟

❽ **downturn** 低迷

❾ **experienced** 有經驗的
【同】practised, skilful, proficient, competent
【反】unexperienced

❿ **candidate** 候選人

⓫ **eventually** 最終的

⓬ **beat** 打敗

⓭ **uprising** 上升

⓮ **adversary** 敵手、對手

KEY 10 camouflaged into Track 010

Camouflaged into ❶different shapes or colors as a ❷deception, some animals have ❸evolved into ❹cunning ❺predators and ❻shrew ❼preys to ❽ensure that they will ❾survive under the ❿law of the ⓫survival of the ⓬fittest.

偽裝成不同的形態和顏色以矇騙其天敵，有些動物已演化成精明的掠奪者和狡猾的獵物，以確保牠們能於物競天擇適者生存的準則下生存著。

文法解析

主要子句主詞→some animals

主要子句動詞→have evolved

分詞構句由 camouflaged into different shapes or colors 加上 as（以什麼方式）a deception，完成前段分詞構句。

在由主要子句主詞 some animals 作出句子的發展，some animals have evolved into（有些動物已演化成…），在加上不定詞 to ensure（以確保…），在加上 that 子句 that they will survive，最後加上 under the law of…（在…的法則之下），完成主要子句內容。

字彙

❶ **different** 不同的

【同】unlike, distinct, opposite, contrary

【反】same, similar

❷ **deception** 欺騙

【同】dissimulation, duplicity, hypocrisy, deceit

❸ **evolve** 演化

❹ **cunning** 精明的

【同】beguiling, crafty, artful, designing, foxy, guileful, scheming, shrewd, sly, tricky, wily

【反】artless, guileless, ingenuous, innocent, undesigning

❺ **predator** 掠食者

❻ **shrew** 精明的（同 cunning）

❼ **prey** 獵物

❽ **ensure** 確保

❾ **survive** 生存

❿ **law** 法條

⓫ **survival** 生存、生還

⓬ **fittest** 合適的

KEY 11 fascinated by Track 011

[1]**Fascinated by** the [2]**storyline** of [3]***Gone with the Wind***, one of the [4]**longest** and the most [5]**remarkable** [6]**novels**, some [7]**fans** even [8]**pay** a visit to [9]**Atlantic City**, the [10]**central** [11]**scene** of the [12]**entire** [13]**novel**, so that they can be [14]**truly** [15]**satisfied**.

沉迷於最長也最卓越的小說之一的《亂世佳人》故事情節當中，有些書迷甚至因此而拜訪了整篇小說中最主要的情節發展地之一的亞特蘭大城，才能感到得償所願。

文法解析

主要子句主詞→some fans

主要子句動詞→pay

分詞構句由 fascinated by（沉迷於）加 *Gone with the wind*（亂世佳人的小說），加上 one of the longest and the most remarkable novels 表同位語補充說明前面名詞，再加上 especially（尤其是…）its storyline（其情節的部分）完成分詞構句。

主要子句的部分由 some fans even pay a visit to Atlantic City，加上 the central scene of the entire novel 同位語，在加上 so that（所以…）they can be truly satisfied，完成主要子句。

字彙

❶ **fascinate** 沉迷
【同】allure, beguile, bewitch, captivate, enchant, charm, kill, magnetize, wile, witch

❷ **storyline** 故事情節

❸ ***Gone With the Wind*** 亂世佳人

❹ **longest** 最長的

❺ **remarkable** 驚人的
【同】unusual, noteworthy, extraordinary, exceptional
【反】inconspicuous, unemphatic, unflamboyant, unnoticeable, unobtrusive, unremarkable, unshowy

❻ **novel** 小説

❼ **fan** （書）迷

❽ **pay a visit to** 拜訪

❾ **Atlantic City** 亞特蘭大城

❿ **central** 中央的

⓫ **scene** 景點

⓬ **entire** 整個的

⓭ **novel** 新奇的

⓮ **truly** 真正的

⓯ **satisfy** 滿意的
【同】please, gratify, content, benefit
【反】dissatisfy, discontent

KEY 12 totally satisfied Track 012

Totally satisfied with students' [1]perseverance to learn and their [2]test results in both mid-terms and finals, [3]professors have [4]decided they want to [5]celebrate with those students by having a [6]fancy dinner at a five [7]star [8]restaurant.

對學生學習毅力和期中期末考考試結果極為滿意，教授們已決定他們要藉由在五星級飯店中舉辦的豪華晚餐會，來與學生們共襄盛舉。

文法解析

主要子句主詞→professors

主要子句動詞→have decided

此句由分詞構句 totally satisfied with 展開，其後加上 students' perseverance to learn and their test results，所滿意的部分為何，以及加上 in both mid-terms and finals 表示是在哪個項目/考試中，完成分詞構句。

接著展開主要子句，由主詞 professors 展開加上 have decided，其後加上 they want to celebrate with students，在加上 by+Ving（表示藉由…），故發展成 by having a fancy dinner，最後加上地點 at a five star restaurant，意謂著教授們已決定他們要藉由在五星級飯店中所舉辦的豪華晚餐會，來與學生們共襄盛舉，完成主要子句。

字彙

❶ **perseverance** 毅力
❷ **test result** 考試成果
❸ **professor** 教授
❹ **decide** 決定
❺ **celebrate** 慶祝
【同】proclaim, observe, commemorate, make merry
【反】dissatisfy, discontent
❻ **fancy dinner** 豪華晚餐
❼ **star** 星級
❽ **restaurant** 餐廳

KEY 13 deeply seduced Track 013

Deeply [1]seduced by the [2]lure of [3]expensive iPhone series, [4]countless people just cannot [5]resist their [6]charm and they have [7]become [8]slaves to the [9]smartphone.

深受昂貴的蘋果系列手機魅力的吸引，無數的人無法抵擋其魅力，而成了智慧型手機奴。

文法解析

主要子句主詞→people

主要子句動詞→resist

由 deeply seduced 加上 the lure of the expensive iPhone series 完成分詞構句。

而由 countless people cannot resist their charm and they have become slaves to the smartphone 完成主要子句。

字彙

❶ **seduce** 誘惑

【同】tempt, persuade, lure, entice

❷ **lure** 引誘

【同】pull, attract, entice, seduce

❸ **expensive** 昂貴的

❹ **countless** 無數的

【同】innumerable, innumerous, myriad, numberless, uncountable, uncounted, unnumbered

【反】countable, enumerable, numberable

❺ **resist** 抵抗

【同】oppose, withstand, counteract

❻ **charm** 魅力

【同】attractiveness, appeal, allure, allurement

❼ **become** 成為

❽ **slave** 奴隸

❾ **smartphone** 智慧型手機

KEY 14 widely recognized Track 014

①Widely ②recognized as a ③sure ④measure to ⑤control ⑥potentially ⑦harmful ⑧pests, this ⑨chemical ⑩pesticide is ⑪highly ⑫recommended by most cotton farmers.

廣泛認可其為確切能有效控制害蟲的措施，此化學殺蟲劑受到大多棉花田農夫們大力推崇。

文法解析

主要子句主詞→this chemical pesticide

主要子句動詞→is

由 widely recognized（廣泛認可其…）加上 as（表以…方式）a sure measure，在加上不定詞 to control（以此 measure 去控制），加上受詞 potentially harmful pests，完成分詞構句。

而主要子句由主詞 this chemical pesticide 加上 is highly recommended by most cotton farmers 完成。

字彙

❶ **widely** 廣泛地

【同】spaciously

❷ **recognize** 認出、識別、認識

【同】acknowledge, see, behold, know

❸ **sure** 確信的、有把握的

❹ **measure** 措施、手段、手法

❺ **control** 控制

【同】command, influence, master, restrain

❻ **potentially** 具潛力的

❼ **harmful** 有害的

【同】adverse, bad, baleful, baneful, damaging, dangerous, deleterious, detrimental, evil, hurtful, ill, injurious, nocuous, noxious, pernicious, wicked

【反】anodyne, benign, harmless, hurtless, innocent, innocuous, inoffensive, safe

❽ **pest** 害蟲

❾ **chemical** 化學的

❿ **pesticide** 殺蟲劑

⓫ **highly** 高度的

⓬ **recommend** 推薦

【同】advise, suggest, advocate, instruct

KEY 15 faced with Track 015

Faced with an ❶imminent ❷danger, some animals are able to ❸respond to ❹external ❺stimuli by ❻secreting certain ❼hormones to ❽protect them from getting ❾injured.

面對迫在眉睫的危險，有些動物能夠藉由分泌特定的賀爾蒙，來回應外界刺激，使他們能免於受到傷害。

文法解析

主要子句主詞→some animals

主要子句動詞→are

由 faced with 表示面臨…加上 an imminent danger 表示迫在眉睫的危險…完成分詞構句。

而主要子句內以 some animals 為主詞作為發展，加上 be able to 能夠，再加上 respond to external stimuli 表示以回應外界刺激，最後加上 by+Ving 表示藉由…secreting（分泌）certain hormones to protect them from getting injured，完成主要子句。

- 使某人免於… to protect sb. from…

字彙

❶ **imminent** 逼近的、即將發生的

【同】 forthcoming, approaching, nearing, impending

❷ **danger** 危險

❸ **respond** 回應

❹ **external** 外部的

❺ **stimuli** 刺激

❻ **secreting** 分泌

【同】 discharge, excrete, eliminate, exude

❼ **hormone** 賀爾蒙

❽ **protect** 保護

【同】 guard, defend, shield, screen

【反】 endanger, expose, desert, abandon

❾ **injure** 受傷。

【同】 damage, harm, hurt, wound

【反】 heal, cure

KEY 16 impressed by Track 016

Impressed by the ❶earnings ❷growth of the second sales ❸division, CEO and the ❹board ❺committee have decided that ❻employees of the second sales division will be having a free ❼vacation ❽trip to the ❾Bahamas with their family members and take a short ❿break.

對第二銷售部門的獲利成長印象深刻，執行長和董事委員會已經決定，第二銷售部門的員工將與自己家屬，享有到巴哈馬的免費旅遊，然後短暫休息。

文法解析

主要子句主詞→the board committee

主要子句動詞→have decided

由 impressed by 加上名詞片語 the earnings growth of the second sales division（第二部門的獲利成長）完成分詞構句。

主要子句主由 CEO and the board committee 當主詞，加上 have decided 其後 that 子句引導一子句，加上 will be having（將有…）a free vacation trip to the Bahamas（免費的巴哈馬之旅），最後加上伴隨同行的用 with，with their family members，以及最後的 and take a short break.完成主要子句。

字彙

❶ **earning**　收入、工資、利益、收益

【同】wage, salary, emolument, compensation

❷ **growth**　成長

【同】enlargement, expansion, development, progress

【反】decrease, reduction

❸ **division**　部分、片段、分開、分配、政府部門（處、課）

❹ **board**　委員會、董事會、（政府的）部、局

❺ **committee**　委員會

❻ **decide**　決定

❼ **employee**　員工

❽ **vacation**　假期

❾ **trip**　旅行

❿ **Bahamas**　巴哈馬

⓫ **break**　休息

KEY 17 delighted by Track 017

❶Delighted by the ❷result of the second ❸round ❹speech ❺contest, Cindy seems to be so ❻overwhelmed that she has ❼invited a bunch of ❽strangers over and has such a ❾wild night that the police even stop by to see if there is any ❿drug trafficking involved.

對第二回合演講比賽結果感到興高采烈，辛蒂似乎過於興奮，她還因此邀請了一些陌生人到家中要一同度過瘋狂的夜晚，使得警方上門查看是否與毒品交易有關。

文法解析

主要子句主詞→Cindy

主要子句動詞→seems

由 delighted by 加上名詞片語 the result of the second round speech contest 完成分詞構句。

主要子句中主詞 Cindy，其後以 so… that… 表示如此…以致於來連接，形成加上 seems to be so overwhelmed that 表示似乎過於興奮…，that 後面加上由 and 連接的兩個句子，形成 she has invited a bunch of strangers over and has such a wild night that the police even stop by to see if there is any drug trafficking involved. 其中第二句用 such… that 表如此…以致於，而後面在加上 to see if there is any drug trafficking involved.完成主要子句（其中 to see if there is 表示看…是否是…狀況）。

字彙

❶ **delight** 高興

【同】exult, exuberate, glory, jubilate, joy, rejoice, triumph

【反】displease

❷ **result** 結果

❸ **round** 回合

❹ **speech** 演講

❺ **contest** 比賽

【同】game, sport, tournament

❻ **overwhelm** 壓倒、掩沒

❼ **invite** 邀請

❽ **stranger** 陌生人

❾ **wild** 狂野的

❿ **drug trafficking** 毒品交易

KEY 18 miraculously surviving Track 018

❶Miraculously ❷surviving the ❸air crash ❹remains in the late 1990s, Jessica ❺was said to be the only ❻survivor and the ❼sole ❽witness in this ❾accident, but a later report from the other ❿channel ⓫contradicted the ⓬theory.

奇蹟似地從二十世紀晚期墜機殘骸中生還，據說潔西卡是僅存的生還者和唯一目睹事件發生的見證人，但在其他頻道的後續報導則駁斥此說法。

文法解析

主要子句主詞→Jessica

主要子句動詞→was

分詞構句由 miraculously surviving 表示…奇蹟似地…從…生還，加上 the air crash remains，在加上所發生的時間點 in the late 1990s，完成分詞構句。

而主要子句由主詞 Jessica 加上 be said to（據說是） the only survivor and the sole witness in this accident（僅存的生還者和唯一目睹事件發生的見證人）。最後加上 but 連接另一句子，表達相反看法，a later report from the other channel contradicted the theory 完成此句。

字彙

❶ **miraculously** 奇蹟似地
❷ **survive** 生存、生還
【同】remain, outlive, outlast, continue
❸ **air crash** 墜機
❹ **remains** 殘骸
❺ **be said to** 據説
❻ **survivor** 生存者
❼ **sole** 僅有的
【同】exclusive, single, unshared
【反】nonexclusive
❽ **witness** 見證
❾ **accident** 意外
❿ **channel** 頻道
⓫ **contradict** 矛盾、駁斥
【同】deny, oppose, dispute
【反】admit, recognize, acknowledge
⓬ **theory** 説法、理論 report 報告、報導

KEY 19 commonly dependent Track 019

①Commonly ②dependent on other countries to ③outsource foods, such as meat, vegetables, and fruits, and ④raw materials, such as ⑤flour, ⑥palm oil, wood, and iron, this country is still on very ⑦shaky ground and ⑧underdeveloped, but a ⑨surprising ⑩discovery for petroleum, heavy metal, and white silver in the ⑪desolate desert has led to a drastic change to the whole situation.

普遍仰賴其它國家引進食物，例如肉品、蔬菜和水果，以及麵粉、棕櫚油、木頭、鐵等原料，因此這一個國家的根基仍處於搖搖欲墜且未開發的狀態，但是在其荒涼的沙漠，意外地發現了石油、重金屬和白銀，對整個局勢有了極大的改變。

文法解析

主要子句主詞→this country

主要子句動詞→is

由分詞構句由 commonly dependent（常需仰賴）加上 other countries（其它國家）to outsource foods，加上 such as（表列舉，指所 outsource 的 foods 有哪幾類）meat, vegetables, and fruits，再加上 and 連接另一引進的物品（即原物料），同樣加上表列舉的 such as，成為 such as flour, palm oil, wood, and iron。

接著選寫主要子句，主詞 this country 加上 is still on very shaky ground and underdeveloped（表示國家基礎仍搖搖欲墜跟未開發）。然後加上 but 連接另一句子，主詞 a surprising discover 加上所發現的東西，petroleum、heavy metal、and white silver，再加上所發現的地區 in the desolate desert（在荒涼的沙漠中），最後加上導致結果為何 has led to，最後加上 a drastic change to the whole situation 完成句子。

字彙

❶ **commonly** 普遍地

❷ **dependent** 依賴的

【同】pendent, hanging down, pensile, pendulous

【反】independent

❸ **outsource** 外包

❹ **raw materials** 原物料

❺ **flour** 麵粉

❻ **palm oil** 棕櫚油

❼ **shaky** 搖搖欲墜的

【同】quaking, quivering, shaking, shuddering, trembling, trembly, tremulous

【反】certain, incontestable, indisputable, indubitable, questionless, sure, undeniable, undoubted, unproblematic, unquestionable

❽ **underdeveloped** 未開發的

❾ **surprising** 令人感到驚訝的

【同】amazing, astounding, astonishing, extraordinary

❿ **desolate** 荒涼的

【同】empty, vacant, void, barren

【反】cheerful, joyful, happy

KEY 20 originally used Track 020

❶Originally used as a novel ❷tool for ❸entertainment ❹purposes, ❺age progression software is now ❻overused by ❼the media as a way to ❽boost TV rating and ❾ad ❿revenues.

原先此新奇工具用於娛樂目的，年齡進化軟體現在則被媒體過度使用，以提升電視收視率和廣告收入。

文法解析

主要子句主詞→age progression software

主要子句動詞→is

由 originally used（原先…用於）加上 a novel tool for entertainment purposes（此新奇工具用於娛樂目的）完成分詞構句。

而主要子句主詞 age progression software 加上 is overused by the media（為媒體所過分使用），在加上 as（以…方式）a way to boost TV rating and ad revenues（以增加電視收視率和廣告收益）。

字彙

❶ **originally** 原先的

【同】 firstly, initially, primarily, at first, to start with

❷ **tool** 工具

❸ **entertainment** 娛樂

【同】 amusement, diversion, divertissement, distraction

❹ **purpose** 目的

❺ **age progression software** 年齡進化軟體

❻ **overuse** 過度使用

❼ **the media** 媒體

❽ **boost** 提升

❾ **ad** 廣告

❿ **revenue** 稅收

KEY 21 preferring to Track 021

[1]Preferring to be in a [2]small [3]pond, rather than in an [4]estuary or a [5]large [6]lake, Jane is [7]reluctant to [8]move forward and [9]simply [10]lives [11]within her [12]comfort [13]zone even though she is capable of so much more.

情願在小池塘，而非河口或大湖泊，珍不願向前邁進，只想待在自己的舒適圈過，即使她能力絕不僅於此。

文法解析

主要子句主詞→Jane

主要子句動詞→is

由 preferring to 加上所待在的地點 in a small pond，加上 rather than（而…不是）加上相對應的片語 in an estuary or a large lake 完成分詞構句。

主要子句主詞用 Jane 加上 is reluctant to （不願）加上 move forward（向前邁進），在由 and 連接另一句子 simply lives…，加上 within her comfort zone（她所待的舒適圈），最後加上 even though（即使）引導的副詞子句，表示她能力卻不僅於此。

字彙

❶ **prefer** 偏愛

❷ **small** 小的

【同】little, slight, puny, insignificant

【反】large, big, great

❸ **pond** 池塘

❹ **estuary** 河口

❺ **large** 大的

❻ **lake** 湖泊

❼ **reluctant** 勉強的

❽ **move forward** 前進

❾ **simply** 簡單地

❿ **live** 生活

⓫ **within** 在…之內

⓬ **comfort** 舒適

⓭ **zone** 地區

KEY 22 confused with Track 022

❶Confused with his ❷sexuality of whether he is ❸bisexual, Jason ❹eventually has a ❺blind ❻date with a ❼campus ❽quarterback ❾teammate, but the ❿encounter with his ⓫soon-to-be ⓬ex-wife Susan and her ⓭date in ⓮Disneyland has ⓯led to an ⓰awkward ⓱double date.

對於自己性向感到困惑，而不確定自己是否是雙性戀，傑森終究與學校四分衛隊友來了一次的盲目約會，但卻在迪士尼樂園遇到即將成為自己前妻的蘇珊和她的約會對象，而演變成尷尬的雙約會。

文法解析

主要子句主詞→Jason

主要子句動詞→has

由分詞構句由 confused with（困惑）開頭，加上 his sexuality（他的性向），再加上 of whether he is bisexual（其中 whether 表是否…），而句意為困惑其性向是否為雙性戀者，完成分詞構句。

而主要子句加上主詞 Jason，加上 eventually has a blind date with a campus quarterback teammate，加上具轉折語氣的 but，the encounter with his soon-to-be ex-wife Susan and her date in Disney land has led to an awkward double date.，其中以 has led to 表示導致什麼樣的情形，而 an awkward double date 為導致的情形。

字彙

❶ **confuse** 困惑

【同】baffle, befog, befuddle, bemuse, bewilder, confound, disorient, maze, mystify, perplex, puzzle, vex

【反】clarify, clear (up), illuminate

❷ **sexuality** 性傾向

❸ **bisexual** 雙性戀者

❹ **eventually** 最後地

❺ **blind** 盲的

❻ **date** 約會

❼ **campus** 校園

❽ **quarterback** 四分衛

❾ **teammate** 隊員

❿ **encounter** 遇到

⓫ **soon-to-be** 即將成為

⓬ **ex-wife** 前妻

⓭ **date** 約會對象

⓮ **Disneyland** 迪士尼樂園

⓯ **lead to** 導致

⓰ **awkward** 笨拙的

⓱ **double date** 雙約會

KEY 23 initially serving Track 023

Initially serving as the [1]breeding [2]ground for most [3]tree frogs due to its [4]muddy and [5]marshy [6]habitat, this place is now [7]laden with [8]a variety of [9]snakes trying to find their [10]snacks.

因為其泥濘且潮濕的棲息地，所以起先是被當作大部分樹蛙的繁殖地，此地現在卻充滿各式各樣的蛇，試圖找尋著甜點。

文法解析

主要子句主詞→this place

主要子句動詞→is

分詞構句由 initially served as 加上 the breeding ground for most tree frogs，for…表示對大多數樹蛙來說，並加上 due to 表原因，後面接原因“its muddy and marshy habitat”，以完成這個分詞構句。

而主要子句 this place 加上 is laden with（充滿…），再加上 a variety of snakes trying to find their snacks.完成此句。

字彙

❶ **breeding** 繁殖
❷ **ground** 場所
❸ **tree frog** 樹蛙
❹ **muddy** 泥濘的
【同】 miry, mucky, oozy, sludgy
❺ **marshy** 潮濕的
❻ **habitat** 棲地
【同】 environment, natural abode, natural home, environs
❼ **laden with** 充滿
❽ **a variety of** 多樣的
❾ **snake** 蛇
❿ **snack** 甜點

KEY 24 dedicated to Track 024

Dedicated to ❶fulfilling the ❷obligation for ❸the army when he was a kid, John's ❹patriotism is ❺noble, ❻worth-noting, and ❼gallant, but his action ❽has nothing to do with the once ❾popular novel.

當他還是小孩的時候就致力於履行義務為軍中效力，約翰有著高尚的愛國情操值得注意且勇敢的，但他的行為卻與曾經紅極一時的小說內的情節毫無關聯。

文法解析

主要子句主詞→John

主要子句動詞→has

分詞構句由 dedicated to +N/Ving 表示致力於…，再加上 fulfilling the obligation 表示…所履行的義務為何，加上對象 for the army，最後加上 when 引導的副詞子句(when he was a kid)表示是何時，完成分詞構句。

主要子句由 John's patriotism 展開，其後加上三個形容詞當補語，並以對等連接詞連接，故成為 noble, worth-noting, gallant，之後再加上對等連接詞 but（表示轉折），其後加上 his action has nothing to do with the once popular novel.，完成分詞構句。

字彙

❶ **fulfilling** 履行；fulfill（v）

【同】 answer, complete, comply (with), abide by

【反】 breach, break, transgress, violate

❷ **obligation** 義務

【同】 duty, function, business, responsibility

❸ **the army** 陸軍

❹ **patriotism** 愛國主義

❺ **noble** 高尚的

【同】 great, grand, majestic, distinguished

【反】 humble, low, ignoble

❻ **worth-noting** 值得注意的

❼ **gallant** 勇敢的

【同】 brave, courageous, valiant, bold

【反】 cowardly, timid

❽ **has nothing to do with** 與…無關

❾ **popular** 流行的

【同】 common, usual, regular, customary

【反】 unpopular

KEY 25 found exclusively Track 025

Found [1]exclusively in [2]Si Chuan, mainland China, [3]giant pandas have not only [4]captivated millions of [5]foreign [6]tourists, [7]scholars, and [8]biologists who want to study and take [9]photos with them, but also [10]allured the [11]attention of more than ten country [12]leaders, who want to [13]introduce giant pandas to their own zoos.

僅於大陸四川能發現其蹤跡，大熊貓不只風靡了數百萬想到從事研究或與其拍照的外國遊客學者和生物學家，也吸引了超過十個國家領導人的注意，更想將其引進到自己國家的動物園裡。

文法解析

主要子句主詞→giant pandas

主要子句動詞→have captivated, (have) allured

分詞構句由 found exclusively（僅於…發現）加上地點 Si Chuan（四川）mainland China（大陸）完成分詞構句。

主要子句由 giant pandas 當主詞，加上 not only… but also（不只…而且），串起 have not only captivated 加上 but also allured，其後所加的名詞又各自以 who 引導的子句補充說明，故形成 millions of foreign tourists, scholars, and biologists, who want to study and take photos with them, but also allured the attention of more than ten country leaders, who want to introduce giant pandas to their own zoo.完成主要子句內容。

字彙

❶ **exclusively** 獨特地、獨家地
❷ **Si Chuan** 四川
❸ **giant panda** 大熊貓
❹ **captivat** 沉迷
【同】delight, bewitch, charm, fascinate
❺ **foreign** 外國的
❻ **tourist** 觀光客
❼ **scholar** 學者
❽ **biologist** 生物學家
❾ **photo** 相片
❿ **allure** 吸引
⓫ **attention** 注意
⓬ **leader** 領導者
⓭ **introduce** 引進

KEY 26 eradicated by Track 026

❶**Eradicated** by the ❷**turbulent fire** and ❸**soaked** in ❹**chemical** ❺**lotions**, such as ❻**cooper,** ❼**zinc, and** ❽**related** chemical ❾**substances,** ❿**roots** of plants are so ⓫**significantly** ⓬**damaged** that they are unable to ⓭**regenerate** for the ⓮**upcoming** season.

被兇猛的大火摧毀且浸泡在與銅和鋅相關的化學物質的化學溶液裡，植物根部因此受到相當大程度的傷害，以致於無法在即將來臨的季節中再生。

文法解析

主要子句主詞→roots

主要子句動詞→are

分詞構句由 eradicated by 表示摧毀…和 soaked in 表示浸泡…連接兩個分詞構句，形成 Eradicated by the turbulent fire and soaked in chemical lotions，其中 chemical lotions 又以 such as 表示舉例，其後列舉出項目 cooper, zinc, and related chemical substances，完成分詞構句。

而主要子句由 roots 開頭，在以 so… that 連接句子，故成為 roots of plants are so significantly damaged that they are unable to regenerate for the upcoming season.，其中 unable to regenerate 表示無法再生，其後所加的 for the upcoming season 表示對於即將到來的季節，完成主要子句內容。

字彙

❶ **eradicate** 連根拔除、根絕、消滅

【同】eliminate, uproot, remove, extirpate

❷ **turbulent** 騷動的、騷亂的、洶湧的、狂暴的

【同】violent, disorderly, unruly, tumultuous

❸ **soak** 沉浸

【同】wet, drench, saturate, steep

【反】dry

❹ **chemical** 化學的

❺ **lotion** 乳液

❻ **cooper** 銅

❼ **zinc** 鋅

❽ **related** 相關的

【同】associated, connected, affiliated, allied

❾ **substance** 物質

❿ **root** 根部

⓫ **significantly** 意味深長地、值得注目地

⓬ **damage** 損害

【同】harm, hurt, impair, spoil

【反】benefit, repair

⓭ **regenerate** 再生

【反】unregenerate

⓮ **upcoming** 即將來臨的

KEY 27 immediately copied Track 027

❶**Immediately** ❷**copied** by most ❸**Middle East** countries after its ❹**launch** in the New York ❺**Fashion Show**, managers of this fashion ❻**design** ❼**firm** have decided that they will take ❽**legal** action ❾**against** those ❿**imitators**, but the ⓫**counterfeiting** problems still remain as an ⓬**unsolved** ⓭**issue**.

在紐約時尚秀後立即被大部分的中東國家仿冒，這家時尚設計公司的管理階層已決定他們會對仿冒者採取法律行動，但是仿冒問題仍舊未解決的議題。

文法解析

主要子句主詞→this fashion design firm

主要子句動詞→have decided

分詞構句由 immediately copied（表示立即被仿冒…）by 展開，而 by 之後加上所複製的國家為何 most Middle East countries，再加上 after 表時間的副詞子句，表示是在甚麼時間內被複製，故形成 after its launch in the New York Fashion Show，完成分詞構句。

而其後的主要子句主詞為 managers of the fashion design firm，加上 have decided that（完成式表示已決定），加上將會採取法律行動 will take legal action，加上 against（反對…）those imitators（那些仿冒者），之後加上 but 表轉折的對等連接詞連接另一個句子，但是仿冒問題卻仍未解決，故用 the counterfeiting problems still remain as an unsolved issue，完成主要子句。

字彙

❶ **immediately** 立即地

❷ **copy** 複製、仿冒

【同】clone, copycat, duplicate, imitate, reduplicate, render, replicate, reproduce

【反】originate

❸ **Middle East** 中東

❹ **launch** 發起

❺ **Fashion Show** 時尚展

❻ **design** 設計

❼ **firm** 公司

❽ **legal** 合法的

【同】lawful, legitimate, licit

【反】illegal, illegitimate, illicit, lawless, unlawful, wrongful

❾ **against** 違反

❿ **imitator** 仿冒者

⓫ **counterfeiting** 仿冒

counterfeit 仿冒的

【同】copied, imitative, fake, artificial

【反】genuine

⓬ **unsolved** 未解決的

⓭ **issue** 議題

KEY 28 written by Track 028

Written by [1]best-selling authors, such as J. K Rowling, Jack London, and Margaret Mitchell, these books certainly have a longer [2]shelf life, and it is both a [3]guarantee for book [4]dealers and most fans of theirs.

由暢銷書作家例如 J.K.羅琳、傑克倫敦和瑪格麗特米雪爾，這些書確實有較長在架上的時間，而這也是經銷書商和大多數書迷們的保證。

文法解析

主要子句主詞→these books

主要子句動詞→have

由 written by（由…所寫）加上 best-selling authors（暢銷書作者），由 such as 表列舉出作者如 J.K. Rowling、Jack London 和 Margaret Mitchell 完成分詞構句。

主要子句後，再用 and 連接，形成 these books certainly have a longer shelf life, and it is both a guarantee for book dealers and most fans of theirs.完成主要子句內容。

字彙

❶ **best-selling** 暢銷的

❷ **shelf life** 置於架上的時間

❸ **guarantee** 保證

【同】promise, pledge, swear

【反】guarantor

❹ **dealer** 經銷商

KEY 29 ultimately earning Track 029

Ultimately earning more than fifty million US dollars in his tenth movie for his company, Mark has [1]proven the fact that many people were wrong, [2]including movie fans and major movie [3]tycoons who [4]looked down upon him, but an [5]accidental [6]drug trafficking and [7]illegal drug use in the [8]fancy [9]mansion with his best friends caught by his police right on the spot have [10]ruined all his hard work for the past two [11]decades.

最終在第十部電影中為自己公司賺取超過五百萬美元，馬克已在許多人面前證明了他們是錯的，包含先前曾輕視過他的電影影迷們和主要的電影大亨們，但是一次與自己好友在豪華別墅裡非法吸毒和毒品交易被警方現在抓到，也使得自己過去二十年的努力毀於一旦。

文法解析

主要子句主詞→Mark

主要子句動詞→has

由 ultimately earning（最終獲取…）加上最後金額 more than fifty million US dollars，在加上 in his tenth movie 表示是第十部電影時，最後加入 for his company 表示為自己公司賺取，完成分詞構句。

主要子句主詞用 Mark 加上 has proven that fact 表示已經證實…，其後 that 子句 many people were wrong, including movie fans and major movie tycoons who looked down upon him，其中 including 表示所包含的人有誰，在以 who 引導子句說明前面的名詞表示 who looked down upon him。

其後加上 but 連接另一個句子，前面主詞由 and 連接兩個事件 an accidental drug trafficking 和 illegal drug use，再加上地點 in the fancy mansion 和與誰 with his best friends，最後加上關係代名詞子句省略後成 caught，再加上為誰所抓到 by the police，再加上地點 right on the spot，最後加上主要動詞 have ruined，最後成了 have ruined all his hard work，在 hard work 後加上他過去 20 年以來一直付出的努力，故成為 all his hard work for the past two decades.完成此句。

字彙

❶ **proven** 證實的
❷ **including** 包含
❸ **tycoon** 大亨
❹ **look down upon** 輕視
❺ **accidental** 意外的
❻ **drug trafficking** 毒品交易
❼ **illegal drug use** 違法毒品使用
❽ **fancy** 豪華的
❾ **mansion** 豪宅
❿ **ruin** 毀壞
⓫ **decade** 十年

KEY 30 deluding Track 030

①**Deluding** many female users with his ②**handsome** look, ③**sweet words**, ④**considerate** ⑤**greetings** and ⑥**bogus** ⑦**title** of his work, the guy in the ⑧**social** ⑨**networking** ⑩**site** has ⑪**confirmed** to the police that he used ⑫**fake** photos and most of the ⑬**transferred** money from those women has been ⑭**used** up, and he would rather be in ⑮**prison** for free three meals because he has no money left.

因為英俊的外表甜美的言辭體貼的問候和假的工作頭銜，在社交網站上的男子已向警方證實他使用假照片，而大多數從那些女人們轉帳進來的錢已花光，他寧願待在監獄裡還能享有免費三餐，而且他也沒錢了。

文法解析

主要子句主詞→the guy

主要子句動詞→has confirmed

由 Deluding many female users with his handsome look, sweet words, considerate greetings and bogus title of his work，表示是因為這些因素而蒙蔽了 female users，完成分詞構句。

最後由 this guy 當主詞加上 in the social networking site，加上 has confirmed to the police that 表示已經向警方證實，再加上所證實的事實為何，故成為 he uses fake photos and most of the transferred money from those women has been used up，加上 and 連接另一個句子 and he would rather be in prison for free three meals because he has no money left.完成主要子句。

字彙

❶ **delude** 欺騙、哄騙、迷惑

【同】mislead, deceive, beguile, hoax

❷ **handsome** 英俊的

【同】attractive, beautiful, good-looking, large

【反】ugly

❸ **sweet words** 甜言蜜語

❹ **considerate** 體貼的

【同】attentive, thoughtful, kind, solicitous

【反】heedless, inconsiderate, thoughtless, unthinking

❺ **greeting** 問候

❻ **bogus** 假的

【同】artificial, imitation, dummy, factitious, fake, false, faux, imitative, man-made, mimic, simulated, substitute, synthetic

【反】genuine, natural, real

❼ **title** 頭銜

❽ **social** 社會的

❾ **networking** 社交網路的

❿ **site** 位置

⓫ **confirm** 確認

⓬ **fake** 假的

⓭ **transfer** 轉移

【同】deliver, pass, hand over, sign over

⓮ **use up** 用光、耗盡

⓯ **prison** 監獄

KEY 31 qualified for Track 031

Qualified for the ❶desired position, Susan was asked to ❷participate in the ❸scheduled ❹interview by the ❺HR personnel in Taipei 101, the ❻landmark of Taipei and the ❼ultimate interview by an HR ❽executive in a ❾boat-like seven star hotel, the only seven star hotel in the world in the ❿metropolis Dubai.

符合其心儀職位所需具備的資格，蘇珊受人事部專員邀請至台灣 101 大樓，台北的地標參與既定的面試，以及人事主管的邀請至杜拜首都於似帆船形狀的七星級飯店，也是世界唯一的一間七星級飯店參加最終面試。

文法解析

主要子句主詞→Susan

主要子句動詞→was asked

由 qualified for 加上 the desired position 完成分詞構句。

主要子句由主詞 Susan 加被動式 was asked to 表示受邀至…，加上參與 participate in，其後加上 the scheduled interview 和 the ultimate interview 用 and 連接，再加上邀請的人 by+人表示是由誰邀請的，所以分別是 by HR personnel 和 by an HR executive 其後分別再加上地點和同位語，故成為 participate in the scheduled interview by HR personnel in Taipei 101, the landmark of Taipei and the ultimate interview by an HR executive in a boat-like seven star hotel, the only 7 star hotel in the world in the metropolis Dubai，完成此句。

字彙

❶ **desired position** 心儀的職位
❷ **participate** 參加
❸ **scheduled** 約定的排程
❹ **interview** 面試
❺ **HR personnel** 人事專員
❻ **landmark** 地標
❼ **ultimate interview** 最終面試
❽ **executive** 經理、業務主管行政部門、執行者、行政官、高級官員
❾ **boat-like** 像船的、船形的
❿ **metropolis** 都會區

KEY 32 completely overwhelmed Track 032

Completely overwhelmed by the whole [1]**break-up**, Jennifer has a feeling that her life has been [2]**officially** [3]**destroyed**, and this has led to an [4]**extreme** act for [5]**spreading** [6]**rumors** to her boyfriend in July and splashing [7]**acid** on him in the office [8]**main gate**.

完全被整個分手事件所擊垮，珍妮佛有種人生徹底毀滅的感覺，這也導致了她極端的行徑，於七月散佈關於前男友的謠言，然後是在公司大門口對他潑灑酸性液體。

文法解析

主要子句主詞→Jennifer

主要子句動詞→has

分詞構句由 completely overwhelmed by 表示為…所淹沒，加上 the whole break-up 表示整個分手事件，完成分詞構句。

主要子句用 Jennifer has a feeling that 作開頭加上 and 連接另一個句子，that 子句後說明情況 her life has been officially destroyed，而 and 後面用 lead to，句子中 has led to 表示所導致的行為 an extreme act for spreading rumors to her boyfriend，加上時間 in the upcoming July，而在用 and 的連接 splashing acid liquor to him，最後加上地點 in the office main gate 完成主要子句。

字彙

❶ **break-up** 分手

❷ **officially** 正式地

❸ **destroy** 毀滅

【同】annihilate, decimate, demolish, desolate, devastate, extinguish, pulverize, ruin, shatter, smash, tear down, wreck

【反】build, construct, erect, put up, raise, rear, set up

❹ **extreme** 極端的

【同】extravagant, excessive, exaggerated, overdone

【反】moderate, temperate, proper

❺ **spreading** 散佈

❻ **rumor** 謠言

❼ **acid** 酸的

❽ **main gate** 主要的大門

KEY 33 frightened by Track 033

❶Frightened by the ❷intruder's ❸breaking in at 2 A.M., Jennifer ❹panicked and ❺dialed 911 instead of 119, ❻totally forgetting the fact that she has been ❽relocated from California to Taiwan.

受到闖入者於凌晨兩點時闖入的驚嚇，珍妮佛完全慌了，於是她撥打了 911 而非 119，全然忘了自己已經從加州轉移至台灣居住。

文法解析

主要子句主詞→Jennifer

主要子句動詞→is

主要子句由 Jennifer 為主詞，其後加上 panicked 表示 Jennifer 受到驚嚇而慌了，之後加上對等連接詞 and 連接另一個動作 dialed，再加上所描述的部分形成 and dialed 911 instead of 119，表示撥打了 911 而不是 119。

最後加上 totally forgetting the fact that she has been relocated from California to Taiwan.完成主要子句，其中 forgetting 是由 and forgot 轉變成的。

字彙

❶ **frighten** 使驚嚇

【同】alarm, fright, horrify, panic, scare, scarify, shock, spook, startle, terrify, terrorize

【反】reassure

❷ **intruder** 闖入者 intrude

【同】break in, chime in, chip in, cut in, interpose, interrupt

❸ **breaking** 闖入

❹ **panic** 恐慌、驚慌

❺ **dial** 撥號

❻ **totally** 完全地

【同】all, altogether, completely, entirely, even, exactly, fullperfectly, soundly, thoroughly, fully, utterly, well, wholly

【反】half, halfway, incompletely, partially, partly

❼ **relocate** 重新安置、搬移

【同】budge, dislocate, displace, disturb, move, remove, reposition, shift, transfer, transpose

[1]Excited about the upcoming trip of taking a [2]water bus in one of the greatest cities in the world in [3]Amsterdam, Jimmy is so [4]thrilled about taking a totally novel [5]vehicle that he couldn't sleep until the [6]midnight, and this is the [7]experience that he believes cannot be [8]rivaled by any other [9]means of [10]transportation.

由於能在此趟即將到來之旅於世界上最棒的城市之一的阿姆斯特丹乘坐水上巴士，吉米對於能乘坐全然新奇的交通工具感到相當興奮，以致於他直到午夜才睡著，而他也相信此體驗並非乘坐其他交通工具所能比擬的。

文法解析

主要子句主詞→Jimmy

主要子句動詞→is

分詞構句由 excited about 展開，加上名詞片語 the upcoming trip of taking a water bus（即將到來的水上巴士之旅），在加上 in one of the greatest cities in the world in Amsterdam（在列於世界上最棒的城市之一的阿姆斯特丹）表示是在哪裡旅行，完成分詞構句。

主要子句由 Jimmy 展開，用 so… that 表示如此以致於…連接，故成為 Jimmy is so thrilled about taking a totally novel vehicle that hc cannot sleep until the midnight，加上 and 連接下個句子，故成為 this is the experience that he believes cannot be rivaled by any other means of transportation.（表示此體驗為其他交通工具所無法比擬的），完成主要子句。

字彙

❶ **excited** 興奮的

【同】charge, electrify, thrill, exhilarate, galvanize, intoxicate, turn on

❷ **water bus** 水上巴士

❸ **Amsterdam** 阿姆式特丹

❹ **thrilled** 興奮的

❺ **vehicle** 交通工具

【同】carriage, conveyance

❻ **midnight** 午夜

❼ **experience** 經驗

【同】happening, occurrence, incident, episode

【反】inexperience

❽ **rivaled** 與…匹敵

❾ **means** 方式、方法

❿ **transportation** 交通

Accustomed to the teaching ❶approach that is ❷widely ❸adopted in his own country, Mark finds it so hard to ❹adjust even after ❺consulting with professors in ❻office hours; thus, his ❼studies abroad have ❽turned out to be a complete ❾fiasco even with all the ❿high university GPA and ⓫glowing ⓬recommendation letters.

由於適應了自己國家廣泛採用的教學觀，儘管在辦公時間請教教授們後，馬克發現自己難以適應，因此馬克的海外求學，即使有著高的大學平均成績和風光的推薦函，卻很失敗。

文法解析

主要子句主詞→Mark
主要子句動詞→finds

分詞構句由 accustomed to 加上 the teaching approach 教學觀，其後用 that 子句補充說明此教學觀是自己國家所廣泛採用的，故成為 the teaching approach that is widely adopted in his country 完成分詞構句。

主要子句用 Mark 展開，Mark finds it so hard to adjust 加上 even after（即使在…之後），其後加上 consulting with professors in the office hours，最後加上表結果的 thus（因此），再補上後面的陳述句 his stufies sbrosf hsvr turned out to be a complete fiasco even with all the high university GPA and glowing recommendation letters 完成主要子句。

字彙

❶ **approach** 方法
❷ **widely** 廣泛地
❸ **adopt** 採用
❹ **adjust** 調整
【同】alter, vary, arrange, change
【反】disturb, derange
❺ **consulting with** 參考、請教
❻ **office hours** 辦公時間
❼ **study abroad** 海外求學
❽ **turn out to be** 轉變成
⓯ **complete** 完整的
❾ **fiasco** 失敗、災難
❿ **high** 高的
【同】altitudinous, lofty, tall, towering
【反】low, low-lying, short, squat
⓫ **glowing** 耀眼的、鮮明的
⓬ **recommendation letter** 推薦信

KEY 36 forced to Track 036

Forced to ❶retire due to his ❷deteriorated ❸lung ❹tumor and ❺declined ❻renal ❼function, John has to say goodbye to his ❽six-figure salary, ❾access to the ❿company jet, ⓫quarterly dividends, and ⓬a year-end bonus which he has worked so hard for, but years of ⓭never-ending work and ⓮emergency have ⓯aggravated his health conditions and ⓰worsened proper functions of his ⓱vital ⓲organs.

由於惡化的肝腫瘤和衰退的腎功能而被迫退休，約翰必須告別六位數薪水、使用公司噴射機、季分紅、年終獎金，這些他所努力工作的報酬，但是無止盡的工作和緊急狀況已惡化了他健康情況也惡化了他主要器官的正常運作。

文法解析

主要子句主詞→John
主要子句動詞→has

分詞構句由 forced to retire 展開加上表原因的 due to 引導的子句，由 and 連接兩種病況故成為 due to his deteriorated lung tumor and declined renal function 完成分詞構句。

主要子句 John has to say goodbye to 加上四個所需放棄的項目，最後加上由 which 引導的子句，表示這些都是他所辛苦努力的，故成為 John has to say goodbye to his six-figure salary, access to the company jet, quarterly dividends, and a year-end bonus which he has worked so hard for，其後加表轉折的 but，加上 years of never-ending work and emergency 當主詞而後面則說明原因，這些原因加重了他健康情況，故在主詞後加上 have aggravated his health conditions and worsened proper functions of his vital organs.完成主要子句。

字彙

❶ **retire** 退休

【同】resign, quit, vacate, relinquish

❷ **deteriorat** 惡化

【同】degenerate, decline, sink, worsen

【反】ameliorate, improve

❸ **lung** 肺

❹ **tumor** 腫瘤

❺ **decline** 衰退的

❻ **renal** 腎的

❼ **function** 功用

❽ **six-figure salary** 六位數薪資

❾ **access to** 接近、進入的權利

❿ **company jet** 公司噴射機

⓫ **quarterly dividend** 季分紅

⓬ **a year-end bonus** 年終獎金

⓭ **never-ending work** 無止盡的工作

⓮ **emergency** 緊急情況

⓯ **aggravate** 惡化

【同】decay, decline, degenerate, descend, ebb, regress, retrograde, sink, worsen

【反】ameliorate, improve, meliorate

⓰ **worsen** 惡化

⓱ **vital** 重要的

【同】necessary, important, essential, fundamental

⓲ **organ** 器官

KEY 37 equipped with + native to Track 037

Equipped with ❶potent ❷venom as a ❸powerful weapon and ❹native to the North and South America, ❺rattlesnakes are ❻considered by most doctors as one of the most ❼fatal snakes in the world and are ❽marked by their ❾tails for producing ❿buzzing sounds.

具強效的毒液用以做為強而有力的武器，且原生長於北美洲和南美洲，響尾蛇被大多數的醫生認定為世界上最具致命性的蛇之一，而其以尾巴能發出嗡嗡聲響為其特徵。

文法解析

主要子句主詞→rattlesnakes
主要子句動詞→are considered

分詞構句由 equipped with 和 native to 展開，equipped with 加上 potent venom，加上 as a powerful weapon 表示裝備有 potent venom 的強力武器，而 native to 後面加上地方表原生長於。

主要子句以 rattlesnakes 展開，加上 are considered by 表示…被認為是，加上 most doctors 表示大多數醫生認為…，再加上 as one of the most fatal snakes in the world，其後加 and 連接另一個句子 are marked by its tails producing of buzzing sounds. 完成主要子句。

字彙

❶ **potent** 強效的

❷ **venom** 毒液

❸ **powerful** 強大的

【同】heavy, influential, mighty, potent, important, significant, strong

【反】helpless, impotent, insignificant, little, powerless, unimportant, weak

❹ **native to** 原產於

❺ **rattlesnake** 響尾蛇

❻ **consider** 考慮

❼ **fatal** 致命的

❽ **marked** 標示的

❾ **tail** 尾巴

❿ **buzzing** 嗡嗡聲

KEY 38 initially designed Track 038

[1]**Initially [2]designed** to be the [3]**spotlight** of the city and the [4]**attraction** for tourists, the [5]**so-called** landmark of the city is unable to keep customers [6]**lingering**, and the [7]**clumsy** [8]**execution** of the [9]**board committee** has only [10]**added cruelty to misfortune**.

起初構思其能成為城市的聚光燈和吸引觀光客的地點，所謂的城市地標卻無法讓顧客流連忘返，而且董事會的不得體的策劃，使其更為雪上加霜。

文法解析

主要子句主詞→the so-called landmark of the city

主要子句動詞→is

分詞構句由 initially designed 展開，加上 to be the spotlight of the city and the attraction for tourists 表示所構思成的地點為何，完成分詞構句。

而主要子句由 the so-called landmark of the city 再加上 is unable to keep customers lingering，keep 後加形容詞做補語，加上另一個句子 the clumsy execution of the board committee has only added cruelty to misfortune 完成主要子句。

字彙

❶ **initially** 最初地

❷ **design** 設計

【同】aim, allow, aspire, calculate, contemplate, intend, mean, meditate, plan, propose, purport, purpose

❸ **spotlight** 聚光燈

❹ **attraction** 吸引

❺ **so-called** 所謂的

❻ **linger** 流連忘返、縈繞著

【同】stay, wait, delay, remain

❼ **clumsy** 笨拙的

❽ **execution** 執行

【同】accomplishment, achievement, discharge, enactment, commission, fulfillment, implementation, performance, perpetration, prosecution

【反】nonfulfillment, nonperformance

❾ **board committee** 董事會

❿ **added cruelty to misfortune** 雪上加霜

KEY 39 dissatisfied with Track 039

Dissatisfied with all wedding [1]concepts and make-up [2]artists, Lisa [3]regrets for having made such a quick decision to [4]sign with the [5]agency, but the problem seems more [6]complicated than she thought it was.

不滿意整個婚禮構想和化妝師，麗莎對於太快下決定，以及太早和婚紗公司簽約而感到後悔，問題似乎比她原先想得更為複雜的多了。

文法解析

主要子句主詞→Lisa

主要子句動詞→regrets

分詞構句由 dissatisfied with 展開，加上 all wedding concepts and make-up artists 完成分詞構句。

而主要子句由 Lisa regrets for... with the agency 完成，加上 but 連接的另一個句子以比較級連接成為 but... than she thought it was.。

字彙

❶ **concept** 概念

❷ **artist** 藝術家

❸ **regret** 遺憾

❹ **sign** 簽約

❺ **agency** 代理機構

❻ **complicated** 複雜的

【同】byzantine, complex, convoluted, elaborate, intricate, involute, involved, knotty, labyrinthine, sophisticated, tangled

【反】noncomplex, noncomplicated, plain, simple, uncomplicated

KEY 40 completed on+ located in Track 040

[1]Completed on Dec 31 2004 and [2]located in one of the [3]major cities in Taiwan, Taipei 101 is a [4]remarkable [5]skyscraper that is one of the [6]highest [7]buildings in the world.

於 2004 年十二月三十一日完工，且位在台灣主要城市之一，台北 101 為卓越的摩天大廈，且為世界上最高的建築物之一。

文法解析

主要子句主詞→Taipei 101

主要子句動詞→is

分詞構句由 completed on 和 located in 展開，其中 completed on 加日期表示完工的時間，而 located in 加 one of the... 表示位於哪裡完成分詞構句。

而主要子句由 Taipei 101 is a remarkable skyscraper，加上 that 引導的子句補充說明 skyscraper，故成為 that is one of the highest builaings in the world 表示其為世界上最高的建築物之一，完成主要子句。

字彙

❶ **complete** 完成、完工
❷ **locate** 位於
❸ **major** 主要的
❹ **remarkable** 顯著的
❺ **skyscraper** 摩天大廈
❻ **highest** 最高的
❼ **building** 建築物

Lesson 2

介詞片語和主要子句

介詞片語與主要子句的使用，常見於各類文法考試，相信欲準備 GMAT verbal 的考生也對 like 以及 unlike 在修辭題中的出現並不陌生，也影響著閱讀測驗，讀者對於句子的理解，其用法在口說跟寫作中也極為常見，此章節除了使讀者在學術閱讀和文法上有更大的幫助之外，更能在考用語實際使用上作更大的結合。

Let's talk in English !

介詞片語和主要子句

什麼是介詞片語

介系詞片語，又稱為介詞片語，是由介系詞為起頭，其後在加上名詞或代名詞等字群以及修飾語等等，常常隨著句子的複雜度以及所要傳達的訊息內容的增加，也拉長了介詞片語的長度。而本章主要以 with、like、unlike 和 during 作為介紹。

什麼是主要子句

主要子句又可以稱為獨立主句，因為它可以單獨地存在。在主要子句當中至少要有一個主詞與一個動詞【S+V】，並且是能表達完整思維的句子。

常見分詞構句列表

1. With
   With…, S+V(主要子句)

2. Unlike
   Unlike…, S+V(主要子句)

3. Like
   Like…, S+V(主要子句)

4. During
   During …, S+V(主要子句)

句子組成

將複雜的句子以刪除子句及介詞片語的方法，而得出整句的中心思想，這樣的方式可利用在閱讀測驗，以得到快速解題的效果。以下以 KEY 51 及 KEY 73 例句來做解析。

KEY 51

➲ With a temperature of up to 42 degrees in the noon and a temperature of less than 1 degree in the night, most desert animals are equipped with marvelous organs that help them to ride out the drastic temperature fluctuations.

STEP 1

刪除主要子句中 that 子句（that 子句補充説明 organs）

⇨ With a temperature of up to 42 degrees in the noon and a temperature of less than 1 degree in the night, most desert animals are equipped with marvelous organs ~~that help them to ride out the drastic temperature fluctuations~~.

STEP 2

刪除以 with 引導的介詞片語"With a temperature of up to 42 degrees in the noon and a temperature of less than 1 degree in the night"

⇨ ~~With a temperature of up to 42 degrees in the noon and a temperature of less than 1 degree in the night,~~ most desert animals are equipped with marvelous organs.（全句的中心思想）

KEY 73

➲Unlike the predecessors that can be traced back even to the Han dynasty, the descendant has come up with a certain approach by adopting a unique formula for the cuisine cooking.

STEP 1

刪除介詞片語[By+Ving]"by adopting a unique formula for the cuisine cooking"

⇨Unlike the predecessors that can be traced back even to the Han dynasty, the descendant has come up with a certain approach ~~by adopting a unique formula for the cuisine cooking~~.

STEP 2

刪除介詞片語 "Unlike the predecessors that can be traced back even to the Han dynasty"

⇨~~Unlike the predecessors that can be traced back even to the Han dynasty,~~ the descendant has come up with a certain approach.（全句中心思想）

超給力例句

With a ❶**precipitous** ❷**decline** in ❸**print-book sales**, most ❹**publishers** have to ❺**lay off** some workers and make some ❻**budget** cuts to ❼**survive** in this ❽**horrible** economy.

隨著紙本銷售額的急遽下滑，大部分出版公司必須解雇一些員工且減少其預算，才能於此糟透了的經濟狀況下生存。

文法解析

主要子句主詞→most publishers

主要子句動詞→have

介詞片語以 with 展開，其後加上 with a precipitous decline in print-book sales，表示紙本銷售額的急遽下滑，完成。

主要子句以主詞 most publishers 展開，其後加上 have to lay off some workers，並以對等連接詞 and 連接 make some budget cuts to survive.，最後加上 in this horrible economy.表示大部分出版業者必須解雇一些員工且減少其預算，才能於此糟透了的經濟狀況下生存，以渡過經濟蕭條，完成此例句。

字彙

❶ **precipitous** 急促的、猛衝的、陡峭的
❷ **decline** 下降、下跌、減少、衰退、衰弱
❸ **print-book sales** 紙本書銷售
❹ **publishing** 出版、出版業
❺ **lay off** 解雇
❻ **budget cut** 減低預算
❼ **survive** 生活、生存
❽ **horrible** 糟糕的

Track 042

With the economy in ❶**tatters**, even most ❷**well-known** companies that are ranked on the list of the fortune 500 have to cut their ❸**budgets** in Marketing and Financial Department to ❹**weather** the ❺**recession**.

隨著經濟蕭條，即使大多數列於五百大的公司，都需於行銷和財政部門中減低開支，以度過經濟蕭條。

文法解析

主要子句主詞→companies

主要子句動詞→have

介詞片語以 with 展開，其後加上 the economy in tatters，表示隨著經濟蕭條，完成。

主要子句以主詞 even most well-known companies 展開，其後加上 that 引導的關係代名詞子句形成 even most well-known companies that are ranked on the list of the fortune 500.，表示即使大多數列於五百大的公司，其後加上 have to cut their budgets in Marketing and Financial Department to weather the recession.表示都需於行銷和財政部門中減低開支，以度過經濟蕭條，完成此例句。

字彙

❶ **tatter** 破碎
❷ **well-known** 知名的
❸ **rank** 等級、社會層級、評定、身分
❹ **budget** 預算
❺ **weather** 渡過
❻ **recession** 景氣蕭條

With the [1]addition of [2]All-Star Cycle [3]reality shows, this [4]phenomenon has created [5]a win-win situation because most fans can see their [6]favorite [7]contestants from [8]previous cycles [9]make a comeback and most contestants will be given a second chance to win the race.

大多數的實境秀隨著全明星賽的加入，此現象已創造了雙贏的局面，因為多數劇迷都希望能看到，於先前賽季中自己最喜愛的參賽者回鍋，且大多數的參賽者能有第二次贏得比賽的機會。

文法解析

主要子句主詞→this phenomenon

主要子句動詞→has created

介詞片語以 with 展開，其後加上 the addition of All-Star Cycle，表示隨著全明星賽的加入，其後加入 in most reality shows 表示於大多數的實境秀，完成。

主要子句以主詞 this phenomenon 展開其後加上 has created a win-win situation 表示此現象已創造了雙贏的局面，其後加上 because 引導的副詞子句形成 because most fans can see their favorite contestants from previous cycles make a comeback and most contestants will be given a second chance to win the race.，表示因為多數劇迷都希望能看到，於先前賽季中自己最喜愛的參賽者回鍋，且大多數的參賽者能有第二次贏得比賽的機會，完成此例句。

字彙

❶ **addition** 額外的

❷ **All-Star Cycle** 全明星賽

❸ **reality show** 實境秀

❹ **phenomenon** 現象

❺ **a win-win situation** 雙贏局面

❻ **favorite** 最喜愛的

❼ **contestant** 參賽者

【同】 challenger, competition, contender, competitor, corrival, rival

【反】 noncompetitor

❽ **previous** 之前的

【同】 antecedent, anterior, foregoing, former, precedent, preceding, prior

【反】 after, ensuing, following, later, posterior, subsequent, succeeding

❾ **make a comeback** 回鍋

With the [1]purchase of the [2]copyrights of most creative Korean TV shows, most Taiwan TV shows are unable to attract the Asian [3]audiences that they used to [4]allure.

隨著購買大部分具有創意性質的韓國節目，多數的臺灣節目無法如同往常一樣，吸引大多數的亞洲觀眾。

文法解析

主要子句主詞→TV shows

主要子句動詞→are

介詞片語以 with 展開，其後加上 the purchase of the copyrights of most creative Korean TV shows，表示隨著購買大部分具有創意性質的韓國節目，完成。

主要子句以主詞 most Taiwan TV shows 展開，其後加上 are unable to attract most Asian audiences 表示多數的臺灣節目無法吸引大多數的亞洲觀眾，其後加上 that 引導的關係代名詞子句形成 most Taiwan TV shows are unable to attract the Asian audiences that they used to allure.，完成此例句。

字彙

❶ **purchase** 購買
❷ **copyright** 版權
❸ **audience** 觀眾
❹ **allure** 吸引

KEY 45

Track 045

With the addition of the ❶advanced ❷equipment that involves all ❸senses and hiring of the best performing team that includes ❹previous ❺martial art experts and ❻hilarious ❼clowns, this museum has even earned ❽accolades from ❾picky ❿museum goers.

隨著加入含有所有感官體驗的先進設備，以及雇用包含之前的武術專家和笑果性十足的小丑所組成的最佳團隊，此博物館以贏得了極講究的博物館愛好者的讚賞。

文法解析

主要子句主詞→TV shows

主要子句動詞→are

介詞片語以 with 展開，其後加上 the addition of the advanced equipment，表示隨著加入先進設備，其後加入 that 引導的關係代名詞子句修飾，形成 with the addition of the advanced equipment that involves all senses，其後 and 後的 hiring of the best performing team 同樣以 that 引導的關係代名詞子句修飾，形成 hiring of the best performing team that includes previous martial art experts and hilarious clowns，完成。

主要子句以主詞 this museum 展開其後加上 has even earned accolades from picky museum goers.表示此博物館已贏得了極為講究的博物館愛好者的讚賞，完成此例句。

字彙

❶ **advanced** 進階的

【同】developed, evolved, forward, high, higher, improved, late, progressive, refined

【反】backward, low, lower, nonprogressive, primitive, retarded, rude, rudimentary, undeveloped

❷ **equipment** 設備

【同】accoutrements, apparatus, gear, hardware, kit, material(s), outfit, paraphernalia, stuff, tackle

❸ **sense** 感官

❹ **previous** 之前的

❺ **martial art expert** 武術專家

❻ **hilarious** 可笑的

❼ **clowns** 小丑

⓫ **earned** 賺取

❽ **accolade** 讚賞

【同】encomium, citation, commendation, dithyramb, eulogium, eulogy, homage, hymn, paean, panegyric, salutation, tribute

❾ **picky** 挑剔的

❿ **museum goer** 愛好博物館者

Unlike salesmen, who really need a ❶**powerful** ❷**presentation** and ❸**best visual-aids** to ❹**capture** the eyes of the ❺**finicky** clients and ❻**drowsy** audiences, ❼librarians are ❽**obviously** faced with a much less ❾**calmer** battle simply because books will not ❿**talk back**, let alone having an issue on what you say, but an overly ⓫**awkward** ⓬**silence** in a large library can sometimes be quiet ⓭**fearsome** in, you know, certain situations.

不同於銷售人員需要有力的簡報、和最佳的視覺輔助器材，才能吸引挑剔客戶的目光，以及打動昏昏欲睡的觀眾，圖書館員顯然面臨著較平靜的交戰，只因為書不會回嘴，更別說對你言辭有意見，但是在特定情況下，在大型圖書館中過於沉靜，可能會令人感到相當害怕。

文法解析

主要子句主詞→librarians

主要子句動詞→are

介詞片語以 unlike 展開，其後加上 salesmen，表示不像銷售人員，其後加上以關係代名詞 who 引導的子句補充說明 salesmen，形成 unlike salesmen, who really need a powerful presentation and best visual-aids to capture the eyes of the finicky clients and impress sleepy audiences 表示銷售人員非常需要有力的簡報、和最佳的視覺輔助器材，才能吸引挑剔客戶的目光，以及打動昏昏欲睡的觀眾，完成。

主要子句以主詞 librarians 展開，其後再加上 librarians are obviously faced with a much less calmer battle simply because books will not talk back, let alone having an issue on what you say，其後加

上對等連接詞 but 表示語氣轉折，最後加上 an overly awkward silence in a large library can sometimes be quiet fearsome in, you know, certain situations.表示但是在特定情況下，在大型圖書館中過於沉靜，可能會令人感到相當害怕，完成此例句。

字彙

❶ **powerful** 有力的
❷ **presentation** 簡報
❸ **best visual-aids** 最佳的視覺輔助器材
❹ **capture** 抓住
❺ **finicky** 挑剔的、講究的
❻ **drowsy** 昏昏欲睡
❼ **librarian** 圖書館員
❽ **obviously** 顯然的
❾ **calmer** 鎮定者
❿ **talk back** 回嘴
⓫ **awkward** 笨拙的
⓬ **silence** 沉默
⓭ **fearsome** 令人畏懼的

KEY 47

Track 047

With a strong Marketing team, solid PR employees, ❶**recently-recruited** staffs, and ❷**cunny** managers, this company has been saved from this ❸**worsening** environment and upcoming ❹**challenges**.

有著強力的行銷團隊，和穩固的公關員工們，以及近期才招募的新進員工，和精明的經理們，這間公司已經於惡化的環境和即將面臨的新挑戰得以倖存。

文法解析

主要子句主詞→this company

主要子句動詞→has

介詞片語以 with 展開，其後以對等連接詞 and 連接加 a strong Marketing team, solid PR employees, recently-recruited staffs, and cunny managers，表示有著強力的行銷團隊，和穩固的公關員工們，以及近期才招募的新進員工，和精明的經理們，完成。

主要子句以主詞 this company 展開其後加上 has been saved from this worsening environment and upcoming challenges.表示這間公司已經於惡化的環境和即將面臨的新挑戰得以倖存，完成此例句。

字彙

❶ **recently-recruited** 近期雇用的

❷ **cunny** 精明的

❸ **worsening** 惡化的

❹ **challenge** 挑戰

With the ❶amendment of the law by some of the ❷government agencies, such as Department of the ❸Wildlife, Department of the ❹Natural Reserves, and Department of the ❺National Parks, some ❻marine ❼biologists have the ❽authority to put a stop on any ❾poaching and ❿gaming activities.

隨著有些政府機構像是野生動物部門、自然保護區部門、國家公園部門的法規修訂，有些海洋生物學家有權阻止任何盜獵和狩獵活動。

文法解析

主要子句主詞→some wildlife biologists

主要子句動詞→have

介詞片語以 with 展開，其後加上 the amendment of the law 表示隨著法條的修正，其後是由誰修正的故加上 by some of the government agencies，其後加上表舉例的 such as 以及所列舉的項目 Department of the Wildlife、Department of the Natural Reserves、and Department of the National Park 此三個部門，完成介詞片語。

主要子句以主詞 some marine biologists 展開，其後加上片語 have the authority/right to...表示具有…權利，並於 to 之後加上所要執行的動作 put a stop，其後加上所想要阻止的行為或活動 on any poaching and gaming activities，故全句成為 some marine biologists have the authority to put a stop on any poaching and gaming activities.，表示有些海洋生物學家有權阻止任何盜獵和狩獵活動，完成此例句。

字彙

❶ **amendment** 修正、修改
❷ **government agency** 政府機構
❸ **wildlife** 野生生物的
❹ **Natural Reserves** 自然保留區
❺ **National Park** 國家公園
❻ **marine** 海洋的
❼ **biologist** 生物學家
❽ **authority** 權威
❾ **poach** 盜獵
❿ **game** 狩獵

With the increasing life [1]**struggles** in extreme temperatures, most Arctic [2]**residents** have [3]**abandoned** their [4]**nomadic** lifestyle and [5]**long-enduring** wisdom of [6]**ancestors** and move to the [7]**urban** city for a better living.

隨著生活在極端氣溫中所逐漸增加的生命挑戰，大多數的北極居民已放棄了他們游牧的生活方式，以及長久由祖先所累積的智慧，而移往都市居住，期許有更好的生活。

文法解析

主要子句主詞→residents

主要子句動詞→have abandoned

介詞片語以 with 展開，其後加上 the increasing life struggles，其後加上 in extreme temperatures 表示隨著於極端溫度中生命挑戰逐漸增加，完成。

主要子句以主詞 most Arctic residents 展開加上 have abandoned their nomadic lifestyle and long-enduring wisdom of ancestors and move to the urban city for a better living.表示多數的北極居民已放棄了他們游牧的生活方式，以及長久由祖先所累積的智慧，而移往都市居住，期許有更好的生活，完成此例句。

字彙

❶ **struggle** 掙扎
❷ **resident** 居民
❸ **abandon** 放棄
❹ **nomadic** 遊牧的
❺ **long-enduring** 長久保存的
❻ **ancestor** 祖先
❼ **urban** 都市的

With the [1]**resilient** [2]**body structures** and [3]**adaptive** organs that make them easily [4]**accessible** to most [5]**habitats**, this [6]**organism** has evolved to live on land and in the sea, and it can even be found in [7]**sweltering** summer and cold winter.

由於具有彈性的身體構造，以及適應性的器官，使其能更易於生存於多數的棲息地，此生物進化成能居住在陸地及海洋，甚至能於悶熱的夏天和寒冷的冬天發現它。

文法解析

主要子句主詞→this organism

主要子句動詞→has succeeded

以 with 展開加上 the resilient body structures and adaptive organs，其後加入關係代名詞 that 補充說明，形成 that make them easily accessible to most habitats，表示由於具有彈性的身體構造，以及適應性的器官，使其能更易於生存於多數的棲息地，完成。

主要子句主詞以 this organism 展開，其後加上 has evolved to live on land and in the sea，表示此生物演化成能居住於陸地以及海上，其後加上對等連接詞 and 並以 it can even be found 展開表示此生物甚至能於…被發現，最後加上兩種不同的季節，並於季節前加入 sweltering 和 cold 兩形容詞形容故形成 in sweltering summer and cold winter，完成此例句。

字彙

❶ **resilient** 彈性的
❷ **body structure** 身體結構
❸ **adaptive** 適應的
❹ **accessible** 可接近的、可得到的、可使用的
❺ **habitat** 棲地
❻ **organism** 生物有機體
❼ **sweltering** 悶熱的

With a ❶temperature of ❷up to 42 degrees in the afternoon and a temperature of 1 below at night, most desert animals are equipped with ❸marvelous ❹organs that help them to ❺ride out the drastic temperature fluctuations.

由於中午溫度高達 42 度，而晚上溫度卻遠低於 1 度，多數的沙漠動物都具有不可思議的器官，能幫助牠們度過急遽的氣溫波動。

文法解析

主要子句主詞→most desert animals

主要子句動詞→are

介詞片語以 with 展開加上 a temperature of…的兩個名詞片語，表示溫度是如何，其後分別以 up to（高達…）和 less than（少於…），最後分別加上時間點 in the afternoon 和 at night，表示在午時和晚上的溫度為何，形成 a temperature of up to... at night。

主要子句主詞以 most desert animals 展開，其後 are equipped with（配有…），其後加上 marvelous organs 表示配有的部分，其後加上 that 引導的子句，that help them to ride out the drastic temperature fluctuations.完成此例句。

字彙

❶ **temperature** 溫度
❷ **up to** 高達
❸ **marvelous** 不可思議的
❹ **organ** 器官
❺ **ride out** 渡過

KEY 52

Track 052

With her [1]ability to walk in different [2]settings and her [3]charm to impress various [4]designers, Sophie did [5]phenomenally [6]well in the runway walk that she got 4 out of 8 in the Toronto Fashion Show and 4 out 4 in the Hong Kong [7]go-see [8]challenge.

由於她具有能在不同場景走臺步的能力，以及備受不同設計師青睞的魅力，蘇菲在走臺步上締造了極佳的成績，她在多倫多時尚秀中八個項目中贏得四項，而在香港的挑戰賽四項挑戰賽中獲得全項目囊括的賽果。

文法解析

主要子句主詞→Sophie

主要子句動詞→did

介詞片語以 with 加上 her ability to… and her charm to…，其中以 and 連接，表示她能力以及她魅力使她能夠…，形成 her ability to walk in different settings and her charm to impress various designers。

主要子句主詞 Sophie 加上 did phenomenally well，其後加上 that 子句，that she got 4 out of 8，其中 out of 表示所佔的比例，依句意表示在 8 場中贏得 4 場，其後再加上 in the Toronto Fashion Show，其後 and 連接在另一個時尚秀的表現，故形成 and 4 out 4 in the Hong Kong go-see challenge.完成此例句。

字彙

❶ **ability** 能力
❷ **setting** 場景
❸ **charm** 魅力
❹ **designer** 設計者
❺ **phenomenally** 極為、驚人地
❻ **well** 滿意地、很、頗
❼ **go-see** 面試
❽ **challenge** 挑戰

KEY 53 Track 053

With the [1]**release** of the latest [2]**news** of the [3]**tainted** food products from many [4]**well-known** companies, people now are [5]**casting doubts on** the quality of the food in both restaurants and [6]**night markets**.

隨著最近的新聞發佈，關於許多知名公司的黑心食品，民眾現在對餐廳或夜市食物品質懷抱著遲疑的態度。

文法解析

主要子句主詞→people

主要子句動詞→are

介詞片語以 with 展開，其後加上 the release of...表示隨著…的發表，其後加上 the latest news 形成 With the release of the latest news，再加上黑心食品 the tainted food products，其後加上 from many well-known companies。

主要子句以 people now are casting doubts on the quality of the food in both restaurants and night markets.表示民眾現在對餐廳或夜市食物品質懷抱著遲疑的態度，完成此例句。

字彙

❶ **release** 推出、釋放
❷ **news** 新聞
❸ **tainted** 受污染的
❹ **well-known** 知名的
❺ **casting doubts on** 懷疑
❻ **night market** 夜市

KEY 54

Track 054

With the [1]**premiere** of [2]**incredible** 21.6 [3]**viewers** and the [4]**season** [5]**finale** of over 30 million, [6]**Desperate Housewives** has been [7]**ranked** as the [8]**most-watched** [9]**comedy**, and has [10]**set** [11]**unprecedented** [12]**records** that most shows are unable to [13]**transcend**.

影集首映驚人的兩千萬收視觀眾，以及首季最後一集超過三千萬名觀眾觀看，慾望師奶已被評定為最多觀眾觀看的喜劇，且創造了空前的紀錄，多數影集都無法超越。

文法解析

主要子句主詞→Desperate Housewives

主要子句動詞→has been ranked

介詞片語以 with 展開其後加上兩名詞片語 the premiere of incredible 21.6 viewers and the season finale of over 30 million 完成。

主要子句主詞以 Desperate Housewives 展開加上 has been ranked 已被評定是，其後加上 as the most-watched comedy 最多人觀看的喜劇，其後以 and 連接 has set unprecedented records，而 records 後又以 that 子句補充説明，that most shows are unable to transcend.表示大多數的節目都無法與其匹敵。

字彙

❶ **premiere** 首映
❷ **incredible** 驚人的
❸ **viewer** 觀看者
❹ **season** 季節
❺ **finale** 終場、結尾
❻ **Desperate Housewives** 慾望師奶
❼ **rank** 評定
❽ **most-watched** 最多人觀看的
❾ **comedy** 喜劇
❿ **set** 片場
⓫ **unprecedented** 史無前例的
⓬ **record** 紀錄
⓭ **transcend** 超越

With the ❶abundant ❷food resources provided by different plants and insects and ❸varied ❹shelters provided by most ❺giant trees, ❻tropical rain forests are the habitat that has the greatest ❼diversity in the world.

有著由不同植物所提供的豐富的食物資源和由大樹所提供的各式庇護場所，熱帶雨林有世界上最具多樣化的棲地。

文法解析

主要子句主詞→tropical rain forests

主要子句動詞→are

介詞片語以 with 展開，其後加上 the abundant food resources 和 varied shelters，表示有著不同的食物資源和各式的庇護場所，其後各字以關係代名詞子句修飾且都省略 which are，形成 with the abundant food resources provided by different plants and insects and varied shelters provided by most giant trees，形成有著由不同植物所提供的豐富的食物資源和由大樹所提供的各式的庇護場所，完成。

主要子句以主詞 tropical rain forests 展開加上 tropical rain forests are the habitat that has the greatest diversity in the world.熱帶雨林有世界上最具多樣性的棲地，完成此例句。

字彙

❶ **abundant** 豐富的
❷ **food resource** 食物資源
❸ **different** 不同的
❹ **varied** 不同的
❺ **shelter** 保護所、庇應處
❻ **giant** 巨大的
❼ **tropical rain forest** 熱帶雨林
❽ **habitat** 棲地
❾ **greatest** 巨大的、（規模、數量）大的
❿ **diversity** 多樣性

With the ability to keep [1]**livestock** [2]**in check**, many [3]**nations** are starting to [4]**introduce** some [5]**carnivores** to control the [6]**population** of certain [7]**herbivores**.

具有將牲畜維持在一定數量的能力，許多國家開始引進肉食性動物，以控制特定草食動物的族群。

文法解析

主要子句主詞→nations

主要子句動詞→are

介詞片語以 with 展開其後加上 the ability to keep livestock in check，表示維持牲畜數量恆定的能力完。

主要子句以 many nations 展開，加上 are starting to introduce some carnivores to control the population of certain herbivores.，表示以控制特定草食動物的族群。完成此例句。

字彙

❶ **livestock**　牲畜

❷ **in check**　（維持…）定數

❸ **nation**　國家

❹ **introduce**　引進、介紹、引見

❺ **carnivore**　肉食性動物

❻ **population**　族群

❼ **herbivore**　草食性動物

KEY 57 Track 057

With the greatest diversity in the world, tropical rain forests have attracted thousands ❶photographers who have a ❷strong ❸urge to ❹shoot ❺peculiar animals not ❻normally ❼present and ❽unique ❾scenic spots not normally ❿found.

有著世界上最具多樣性，熱帶雨林已經吸引成千上萬的攝影師，迫切地想拍攝不常見到的奇特動物，以及不常見的獨特的風景。

文法解析

主要子句主詞→tropical rain forests

主要子句動詞→have

介詞片語以 with 展開加上 the greatest diversity in the world，表示世界上最具多樣性的地方。

主要子句主詞以 tropical rain forests 展開，其後加上 have attracted thousands photographers，表示已吸引上千攝影師，其後加上 who 引導的關係代名詞子句補充說明 photographers，形成 tropical rain forests have attracted thousands photographers who have a strong urge to shoot peculiar animals，其後加上 not normally present（省略 which are），而對等連接詞後的 unique scenic spots not normally found.其中省略了 which are，完成此例句。

字彙

❶ **photographer** 攝影師
❷ **strong** 強力的
❸ **urge** 激勵、催促
❹ **shoot** 拍攝
❺ **peculiar** 獨特的
❻ **normally** 普遍地、一般地
❼ **present** 出席的、在場的、當前的
❽ **unique** 奇異的、獨一無二的
❾ **scenic spot** 風景場所
❿ **found** 發現

With the ❶suggestion of ❷multiple ❸professors, Laura has ❹made up her mind that she does need to work on a little bit of her ❺bubbling ❻personality so that sometimes people won't feel ❼offended.

由於許多教授的建議，羅拉已下決心她需要於自己太過活潑的個性作些改進，如此大家才不會有時候覺得被她冒犯到。

文法解析

主要子句主詞→Laura

主要子句動詞→has

介詞片語以 with 展開其後加上 the suggestion of multiple professors 表示由於許多教授的建議，完成。

主要子句以 Laura 展開加上 has made up her mind that，表示羅拉已下決心，其後加上 she does need to work on a little bit of her bubbling personality so that sometimes people won't feel offended.，表示她需要於自己太過活潑的個性上作些改進，如此大家才不會有時候覺得被她冒犯到，完成此例句。

字彙

❶ **suggestion** 建議
❷ **multiple** 多樣的
❸ **professor** 教授
❹ **make up one's mind** 決定
❺ **bubbling** 活潑的
❻ **personality** 個性
❼ **offend** 觸犯、冒犯

KEY 59

Track 059

With [1]**rich sources** of [2]**footprints** and [3]**tracks**, [4]**archaeologists** and [5]**historians** now have more [6]**evidence** about the [7]**cause** of the [8]**demise** of the [9]**dinosaurs** and [10]**sudden** [11]**disappearance** of certain [12]**creatures**.

由於具豐富的足跡和痕跡來源，考古學家和歷史學家現在握有更多關於恐龍滅亡的證據，以及特定生物突然絕跡的原因。

文法解析

主要子句主詞→archaeologists and historians

主要子句動詞→have

介詞片語以 with 展開，其後加上 rich sources of footprints and tracks 表示具豐富的足跡和痕跡來源，完成。

主要子句以 archaeologists and historians 展開加上 now have more evidence about，表示現在所握有的證據，其後加上兩個名詞片語 the cause of the demise of the dinosaurs and sudden disappearance of certain creatures.，表示恐龍滅亡以及特定生物突然絕跡的原因，完成此例句。

字彙

❶ **rich source** 豐富的資源
❷ **footprint** 足跡
❸ **track** 蹤跡
❹ **archaeologist** 考古學者
❺ **historian** 歷史學者
❻ **evidence** 證據
❼ **cause** 起因
❽ **demise** 死亡、滅絕
❾ **dinosaur** 恐龍
❿ **sudden** 突然的
⓫ **disappearance** 消失
⓬ **creature** 生物

With a more ❶rigorous ❷issue and ❸historical ❹introduction as a ❺back-up for a certain ❻demographic, this ❼amusement park ❽is now well on its way to becoming a more ❾integrated, ❿must-visit ⓫tourist site in Taiwan.

由於具更多嚴肅的議題及歷史介紹，以充當特定族群的備案，這一個遊樂園正朝著更具整合性且必參觀的臺灣觀光景點的方向邁進。

文法解析

主要子句主詞→this amusement park

主要子句動詞→is

介詞片語以 with 展開其後加上 a more rigorous issue and historical introduction，表示具更多嚴肅的議題及歷史介紹，其後加上 as a back-up，表示以作為備案，其後加上 for a certain demographic 表示是對特定族群，完成。

其後主要子句以 the amusement park 當主詞其後加上 is now well on its way to becoming a more integrated, must-visit tourist site in Taiwan.，表示遊樂園正朝著更具整合性且必參觀的臺灣觀光景點的方向邁進，完成此例句。

字彙

❶ **rigorous** 嚴格的
❷ **issue** 議題
❸ **historical** 歷史的
❹ **introduction** 引進
❺ **back-up** 備取的
❻ **demographic** 統計學的
❼ **amusement park** 娛樂公園
❽ **is now well on its way** 正朝向…發展
❾ **integrated** 整合的
❿ **must-visit** 必參觀的
⓫ **tourist site** 旅遊地點

With the [1]rising temperature of up to 2 degrees and the [2]melting of [3]massive ice sheets in both the [4]Arctic and the [5]Antarctic, scientists believe that this phenomenon will surely [6]affect the [7]source of food for [8]polar bears and [9]giant predators.

隨著高達 2 度的溫度上升，以及在南、北極廣大的融冰，科學家相信此現象確實將影響到北極熊和大型掠食者的食物來源。

文法解析

主要子句主詞→scientists

主要子句動詞→believe

介詞片語以 with 展開，其後加上兩個名詞片語 the rising temperature of up to 2 degrees and the melting of massive ice sheets 最後在加上 in both the Arctic and the Antarctic 兩個地方，表示高達 2 度的溫度上升，以及在南、北極廣大的融冰，完成。

主要子句以主詞 scientists 展開加上 scientists believe that this phenomenon will surely affect the source of food for polar bears and giant predators.表示現象確實影響到北極熊和大型掠食者的食物來源，完成此例句。

字彙

❶ **rising** 上漲的
❷ **melting** 融化的
❸ **massive** 大量的
❹ **Arctic** 北極
❺ **Antarctic** 南極
❻ **affect** 影響
❼ **source** 來源
❽ **polar bear** 北極熊
❾ **giant predator** 大型獵食者

KEY 62

Track 062

With the [1]**latest** smartphone device, people now can take a photo simply by [2]**pressing** just a few [3]**buttons** and their photos can be [4]**modified** [5]**desirably**.

由於最新型的智慧型手機裝置，民眾現在只要按幾個按鈕就能拍出照片，且照片能修改到滿意為止。

文法解析

主要子句主詞→people

主要子句動詞→can take

介詞片語以 with 展開，其後加上名詞片語 the latest smartphone device 表示由於最新型的智慧型手機裝置，完成。

主要子句以主詞 people 展開加上 now can take a photo 表示能照出上相的圖片，其後加上 simply by pressing just a few buttons，表示僅按幾個鈕，最後加上 and their photos can be modified desirably. 且照片能修改到滿意為止，完成此例句。

字彙

❶ **latest** 最新的

❷ **press** 按、壓

❸ **button** 按鈕、鍵

❹ **modify** 修改

❺ **desirably** 合意的、嚮往的

With ❶**prodigious** memory and ❷**tremendous** body ❸**strength**, Mark's ❹**incredible** ❺**potential** has led him to have the ability to ❻**outperform** some noted athletes and his teachers.

有著驚人的記憶力和極大的力氣，馬克其令人難以置信的潛能，使他能勝過一些知名的運動員和自己的老師。

文法解析

主要子句主詞→potential

主要子句動詞→has led

介詞片語以 with 展開，其後加上 prodigious memory and tremendous body strength，表示有著驚人的記憶力和極大的力氣，完成。

主要子句以主詞 people 展開，以 Mark's incredible potential 當主詞，表示馬克難以置信的潛能，最後加上 has led him to have the ability to outperform some noted athletes and his teachers，表示使他能勝過一些知名的運動員和自己的老師，完成此例句。

字彙

❶ **prodigious** 巨大的、龐大的、驚人的

❷ **tremendous** 巨大的

❸ **strength** 力量、力氣、效力

❹ **incredible** 難以置信的、驚人的、妙極的

❺ **potential** 潛力

❻ **outperform** （在操作或性能上）超過

KEY 64

Track 064

With the [1]prevalence of [2]fake smartphones in the Middle East, the [3]profit margins for most major cell phone companies [4]are assumed to [5]drop [6]slightly.

隨著中東仿冒智慧型手機的普及，大多數的手機公司在獲利上被認為會有些許下滑。

文法解析

主要子句主詞→the profit margins

主要子句動詞→are

介詞片語以 with 展開，其後加上名詞片語 the prevalence of fake smartphones in the Middle East，表示隨著中東早期市場中仿冒智慧型手機的普及，完成。

主要子句以主詞 people 展開，以 the profit margins 當主詞，表示獲利，其後加上 for most major cell phone companies，表示對大多數的主要手機公司而言，最後加上 are assumed to drop slightly.表示被認定會有些許下滑，完成此例句。

字彙

❶ **prevalence** 普遍

❷ **fake** 假的

❸ **profit margins** 利潤率

❹ **be assumed to** 被認為

❺ **drop** 下降

❻ **slightly** 輕微地

  Track 065

Like most hotels all over the world, Dubai's was built with a [1]**similar** [2]**approach**, but it is [3]**remembered** [4]**primarily** for the service of the [5]**extravagant** 7 star hotel.

如同大多數世界上的旅館，杜拜的旅館也是以相似的手法建造而成，但其主要以豪奢的七星級旅館服務而為人所知。

文法解析

主要子句主詞→Dubai's

主要子句動詞→was built

介詞片語以 like 展開，其後加上 most hotels all over the world，表示像大多數世界上的旅館，完成。

主要子句以主詞 Dubai's 展開，其後加上 was built with a similar approach 表示杜拜的旅館也以相似的手法建造而成，其後加上對等連接詞 but，最後加上 it is remembered primarily for the service of the extravagant 7 star hotel.表示但其主要以豪奢的七星級旅館而為人所知，完成此例句。

字彙

❶ **similar** 相似的
❷ **approach** 方法
❸ **remembered** 被記住
❹ **primarily** 主要地
❺ **service** 服務
❻ **extravagant** 奢華的

Like most [1]major Smartphone brands, [2]intended to [3]allure more customers, some [4]burgeoning, yet small, not so [5]well-recognized brands are still working on attracting buyers in different countries.

正如大多數主要的智慧型手機品牌，意圖吸引更多顧客，有些迅速發展卻並沒有那麼更廣為人知的品牌，仍努力吸引不同國家的買家。

文法解析

主要子句主詞→brands

主要子句動詞→are

介詞片語以 like 展開，其後加上 most major Smartphone brands，表示像大多數主要的智慧型手機品牌，其後加上 intended to allure more customers 表示意圖吸引更多顧客，其中省略了 which are，完成。

主要子句以主詞 some burgeoning, yet small, not so well-recognized brands 展開，其中以對等連接詞 yet 連接 burgeoning 和 small, not so well-recognized，其後再加上 are still working on attracting buyers in different countries.表示有些迅速發展卻並沒有那麼更廣為人知的品牌，仍努力吸引不同國家的買家，完成此例句。

字彙

❶ **major** 主要的

❷ **intend** 意圖

❸ **allure** 吸引

❹ **burgeoning** 蓬勃發展的

❺ **well-recognized** 廣為人知的

KEY 67 Track 067

Unlike most [1]**street protesters**, who [2]**stay** [3]**calmly** and [4]**sit** [5]**quietly**, some [6]**demonstrators** do not [7]**remain** [8]**reasonable**, nor do they [9]**wait** for the answers from the [10]**City Mayor**.

大多數街頭抗議者，保持冷靜且安靜的坐著，而與其不同的是部分抗議者，無法保持理性也無法等候市長的回應。

文法解析

主要子句主詞→some demonstrators

主要子句動詞→do remain

介詞片語以 unlike 展開，其後加上 most street protesters，表示大多數街頭抗議者，其後加上以關係代名詞 who 引導的子句補充說明 protesters，形成 unlike most street protesters, which stay calmly and sit quietly 表示大多數街頭抗議者，保持冷靜且安靜的坐著，完成。

主要子句以主詞 some demonstrators 展開，其後再加上 do not remain reasonable 表示有些抗議者無法保持理性，其後加上對等連接詞 nor 連接 nor do they wait for the answers from the City Mayor.表示也無法等候市長的回應，最後加上 Some goes so far as to break into the building.，完成此例句。

字彙

❶ **street protester** 街頭抗議者
❷ **stay** 待在
❸ **calmly** 鎮定的
❹ **sit** 坐
❺ **quietly** 安靜地
❻ **demonstrator** 抗議者
❼ **remain** 維持
❽ **reasonable** 合理的
❾ **wait for** 等待
❿ **City Mayor** 市長

Unlike most [1]theory-based courses, which [2]put emphasis on longer [3]reading [4]texts and [5]scholarly [6]research [7]potential, this [8]course [9]focuses on the [10]practical approach.

多數以理論為基礎的課程，強調長篇文字閱讀和更學術的研究，而與其不同的是，此課程更注重實用方法。

文法解析

主要子句主詞→this course

主要子句動詞→focuses

介詞片語以 unlike 展開，其後加上 most theory-based courses，表示多數以理論為基礎的課程，其後加上以關係代名詞 which 引導的子句補充說明 most theory-based courses，形成 Unlike most theory-based courses, which put emphasis on longer reading texts and scholarly research potential 表示不像多數以理論為基礎的課程，強調長篇文字閱讀和更學術的研究，完成。

主要子句以主詞 this course 展開，其後再加上 this course focuses on the practical approach.，表示此課程更注重實用方法，完成此例句。

字彙

❶ **theory-based** 以理論為基礎的
❷ **put emphasis on** 強調
❸ **reading** 閱讀
❹ **text** 文本
❺ **scholarly** 學術的
❻ **research** 研究
❼ **potential** 潛力
❽ **course** 課程
❾ **focus** 注重
❿ **practical** 實用的

KEY 69 Track 069

With a [1]**built-in** [2]**self-healing** [3]**mechanism**, some [4]**creatures** in the [5]**Amazon forest** are able to [6]**regain** their [7]**strength** even after being bit from some [8]**ferocious** predators.

具與生俱來的自我修復機制，有些亞馬遜雨林的動物即使被兇猛的掠食者咬傷後，也能夠恢復力氣。

文法解析

主要子句主詞→creatures

主要子句動詞→are

介詞片語以 with 展開，其後加上 a built-in self-healing mechanism，表示具有與生俱來的自我修復機制，完成。

主要子句以主詞 some creatures 展開，其後再加上 in the Amazon forests，表示有些亞馬遜雨林的動物，其後加上 are able to...表示即使在被兇猛的掠食者咬傷之後，能夠恢復力氣。完成此例句。

字彙

❶ **built-in** 內建的（此翻與生俱來的）
❷ **self-healing** 自我治癒的
❸ **mechanism** 機制
❹ **creature** 生物
❺ **Amazon forest** 亞馬遜森林
❻ **regain** 回復
❼ **strength** 力量
❽ **ferocious** 兇猛的

Unlike most successful people, who have undergone ❶rigorous training in ❷**excellent** universities, such as Ivy League schools and world's ❸**prestigious** universities, some college ❹**dropouts** might not have a college degree, but they have become successful people with lots of ❺**encouraging** stories that can ❻**inspire** so many people.

與大多數於像是長春藤盟校或世界享譽盛名的大學中受過嚴格訓練成功人士不同的是，有些大學輟學者可能沒有大學學歷，但卻成為成功人士，有著許多令人鼓舞的故事，能振奮許多人。

文法解析

主要子句主詞→dropouts

主要子句動詞→might not have

以 unlike 展開，其後加上 most successful people，表示與許多成功人士不同的是，其後加上以關係代名詞 who 引導的子句補充說明 people，形成 Unlike most successful people, who have undergone rigorous training in excellent universities 其後加上表舉例的 such as 以及舉例的項目故形成，Unlike most successful people, who have undergone rigorous training in excellent universities, such as Ivy League schools and world's prestigious universities 表示與大多數於像是長春藤盟校或世界享譽盛名的大學中受過嚴格訓練成功人士不同的是，完成。

主要子句以主詞 some college dropouts 展開，下句後再加上對等連接詞 but（表示轉折）形成 some college dropouts might not have a college degree, but they have become successful people with lots of encouraging stories that can inspire so many people. ，其中 people 後加上 with 引導的介詞片語，完成此例句。

字彙

❶ **rigorous** 嚴謹的
❷ **excellent** 卓越的
❸ **prestigious** 享譽盛名的
❹ **dropout** 輟學者
❺ **encouraging** 令人鼓舞的
❻ **inspire** 振奮

Unlike Mayors of both Taipei City and Kaohsiung City, who have adopted the [1]well-developed MRT system [2]respectively, the Mayor of Taichung City has adopted a different [3]approach of having the BRT system.

高雄和臺北市長已分別採用發展性全面的捷運系統，而與其不同的是，臺中市長卻採不同的方式，而使用 BRT 系統。

文法解析

主要子句主詞→the major of Taichung City

主要子句動詞→has adopted

介詞片語以 unlike 展開，其後加上 Mayors of both Taipei City and Kaohsiung City，表示高雄和臺北市長，其後加上以關係代名詞 who 引導的子句補充說明 mayors，形成 unlike Mayors of both Taipei City and Kaohsiung City, who have adopted the well-developed MRT system respectively 表示不像高雄和臺北市長已分別採用發展性全面的捷運系統，完成。

主要子句以主詞 the major of Taichung City 展開，其後再加上 has adopted a different approach of having the BRT system.表示臺中市長卻採不同的方式，而使用 BRT 系統，完成此例句。

字彙

❶ **well-developed** 全面性發展的

❷ **respectively** 個別地

❸ **approach** 方法

During the ❶**rainy season**, it is ❷**advisable** that we not visit certain places ❸**adjacent** to the ❹**equator** so that our schedule of the trip will not be ❺**interfered** with the heavy rain.

在雨季期間，通常建議不宜參觀特定鄰近赤道的地點，這樣我們的行程才不會因為大雨而受到影響。

文法解析

主要子句主詞→it

主要子句動詞→is

分詞片語以 During the rainy season 展開，其後加上主要子句 it is advisable that we not visit certain places，其後加上以關係代名詞 which 引導的子句補充說明 places，其中省略 which are，故全句為 it is advisable that we not visit certain places adjacent to the equator，表示不建議我們去參觀特定鄰近赤道的地點，其後加上 so that（如此…以致於）形成 so that our schedule of the trip will not be interfered with the heavy rain.表示這樣我們的行程才不會因為大雨而受到干擾、影響，完成此例句。

字彙

❶ **rainy season**　雨季

❷ **advisable**　可取的、適當的、明智的

❸ **adjacent**　鄰近的

❹ **equator**　赤道

❺ **interfere**　干涉、干擾

<u>Unlike</u> the ❶**predecessors** that can be ❷**traced** back even to the ❸**Han dynasty**, the ❹**descendant** has ❺**come up with** a certain ❻**approach** by ❼**adopting** a ❽**unique** ❾**formula** for the ❿**cuisine** ⓫**cooking**.

不同於甚至能追溯至漢朝的祖先們，後代子孫已使用特定的方式，改採用獨特的配方來烹飪美食。

文法解析

主要子句主詞→the descendant

主要子句動詞→has come up with

分詞片語以 unlike 展開，其後加上 the predecessors，表示不像其祖先，其後加上以關係代名詞 that 引導的子句補充說明 predecessors，形成 can be traced back even to the Han dynasty 表示甚至能追溯至漢朝，完成。

主要子句以主詞 the descendant 展開，其後再加上 has come up with a certain approach by adopting a unique formula for cooking the cuisine.表示後代子孫已使用特定的方式，改採用獨特的配方來烹飪美食，完成此例句。

字彙

❶ **predecessor** 祖先
❷ **trace** 追溯至
❸ **Han dynasty** 漢朝
❹ **descendant** 後代子孫
❺ **come up with** 想出
❻ **approach** 方法
❼ **adopt** 採用
❽ **unique** 獨特的
❾ **formula** 配方、方式、公式
❿ **cuisine** 美食
⓫ **cooking** 烹飪

KEY 74

Track 074

With ❶unpolluted ❷sandy ❸beaches and ❹transparent water, some ❺lucky tourists are able to find ❻entirely ❼undamaged ❽seashells, ❾vivacious ❿crabs, and ⓫invertebrate ⓬jellyfish.

具有無汙染的沙灘和透明的水質，有些幸運的觀光客能夠找到完整好無缺的貝殼，充滿活力的螃蟹和無脊椎生物水母。

文法解析

主要子句主詞→tourists

主要子句動詞→are

分詞片語以 with 表有…的展開，其後加上 unpolluted sandy beaches and transparent water 表示，完成。

主要子句以主詞 some lucky tourists 展開，表示有些幸運的觀光客，其後加上 are able to find entirely undamaged seashells, vivacious crabs, and invertebrate jellyfish 表示能夠找到完整好無缺的貝殼，充滿活力的螃蟹和無脊椎生物水母，完成此例句。

字彙

❶ **unpolluted** 無汙染的
❷ **sandy** 沙灘的
❸ **beach** 海灘
❹ **transparent** 透明的
❺ **lucky** 幸運的
❻ **entirely** 完整的
❼ **undamage** 無損的、完好無缺的
❽ **seashell** 貝殼
❾ **vivacious** 充滿活力的、有朝氣的
❿ **crab** 螃蟹
⓫ **invertebrate** 無脊椎動物
⓬ **jellyfish** 水母

With ❶unpalatable ❷flavor and ❸unsavory ❹tastes to ❺protect them from being eaten by some ❻predators, such as birds, insects, and rats, this ❼defense ❽mechanism has ❾allowed certain plants to ❿ensure their survival.

具有食不下嚥的風味和難聞的味道，以保護它們避免受到有些掠食者，例如鳥類昆蟲和老鼠以其為食，此保護機制使得特定的植物能確保其生存。

文法解析

主要子句主詞→tourists

主要子句動詞→are

分詞片語用 with 表「有…的」其後加上 unpalatable flavor and unsavory tastes，在加上 to protect them from being eaten 表示因為前項所具備的 tastes 和 flavors 所以能夠保護他們，最後在加上 by some predators 表示免於受到獵食者（食用），再加上表舉例的 such as 表示是哪幾類動物，完成 with 的介詞片語。

然後主要子句由 this defense mechanism has this defense mechanism has allowed certain plants to ensure their survival.表示此保護機制使得特定的植物能確保其生存。完成此句。

字彙

❶ **unpalatable** 食不下嚥的
❷ **flavor** 風味
❸ **unsavory** 難聞的
❹ **taste** 味道
❺ **protect** 保護
❻ **predator** 掠食者
❼ **defense** 防護
❽ **mechanism** 機制
❾ **allow** 允許
❿ **ensure** 確保

Unlike most people, who ❶attend ❷A.A. meeting, ❸hoping that their ❹drinking problem will be ❺solved, Jane wants to do this all ❻on her own ❼simply because she thinks she does not have a ❽genetic ❾predisposition for ❿alcohol.

多數民眾參加匿名戒酒協會，期許酗酒問題能有所解決，與多數人不同的是，珍想單獨自己完成，只因為她不認為自己有酗酒遺傳傾向。

文法解析

主要子句主詞→Jane

主要子句動詞→wants

分詞片語以 unlike 展開，其後加上 most people，表示不像多數人，其後加上以關係代名詞 who 引導的子句補充說明 most people，形成 Unlike most people, who attend A.A. meeting, hoping that their drinking problem will be solved 表示多數民眾參加匿名戒酒協會，期許酗酒問題能有所解決，完成。

主要子句以主詞 Jane 展開，其後再加上 wants to do this all on her own 表示後珍想單獨自己完成，之後加上 simply because she thinks she does not have a genetic predisposition for alcohol.，表示只因為她不認為自己有酗酒遺傳傾向，完成此例句。

字彙

❶ **attend** 參加
❷ **A.A. meeting** 匿名戒酒協會
❸ **hope** 希望
❹ **drinking problem** 酗酒問題
❺ **solve** 解決
❻ **on one's own** 獨自
❼ **simply** 簡單地
❽ **genetic** 遺傳的
❾ **predisposition** 傾向
❿ **alcohol** 酒類

Like most people, who have been expecting this year's Halloween, Mark is so excited that he has made a ❶**preparation** for his ❷**costume** as Ms. Obama.

像大多數一直期盼萬聖節的民眾一樣，馬克也很興奮萬聖節的到來，所以也為自己準備了要扮成歐巴馬女士的服裝。

文法解析

主要子句主詞→Mark

主要子句動詞→is

分詞片語以 like 展開，其後加上 most people，表示不像多數人，其後加上以關係代名詞 who 引導的子句補充說明 most people，形成 like most people, who have been expecting this year's Halloween 表示像大多數一直期盼萬聖節的民眾一樣，完成。

主要子句以主詞 Mark 展開，其後再加上「表如此…以致於」的 so...that 連接，形成"Mark is so excited that he has made a preparation for his costume as Ms. Obama."，表示馬克也很興奮萬聖節的到來，所以也為自己即將裝扮成歐巴馬女士服飾作了準備，完成此例句。

字彙

❶ **preparation** 準備

❷ **costume** 服飾

Unlike ❶**health insurance** in other countries, the health insurance in Taiwan is so ❷**relatively** ❸**well-structured** that most people are ❹**benefited** from it, but if ❺**drug use** is ❻**overused** due to the relatively ❼**low cost** in the health insurance, it can ❽**significantly** ❾**harm** the ❿**previous** ⓫**intention** of ⓬**establishing** this health system.

與其他國家的健康保險不同的是，健康保險在臺灣相對地較為完善，以致於大多數的民眾能從中受惠，但是如果藥品過於濫用，只因其在健康保險中所耗費成本相對較低，此舉將大危害到最初建立此健康制度的初衷。

文法解析

主要子句主詞→the health insurance

主要子句動詞→is

分詞片語以 unlike 展開，其後加上 health insurance in other countries，表示「與其他國家的健康保險不同的是」，完成分詞片語。

主要子句以主詞 the health insurance in Taiwan 展開，其後再加上表「如此…以致於」的 so... that 連接，形成"the health insurance in Taiwan is so relatively well-structured that most people are benefited from it"，表示健康保險在臺灣相對地較為完善，以致於大多數的民眾能從中受惠，其後加上對等連接詞 but 表示語氣轉折，加上 if 引導副詞子句和主要子句，形成"but if drug use is overused due to the relatively low cost in the health insurance, it can significantly harm the previous intention of establishing this health system."，完成此例句。

字彙

❶ **health insurance** 健康保險

❷ **relatively** 相對地、相當地

【同】enough、kindly、kind of、moderately、more or less、pretty、quite、rather、fairly、somewhat、sort of

❸ **well-structured** 結構完整的

❹ **benefit** 受益

【同】advantage、avail、help、profit、serve

❺ **drug use** 毒品使用

❻ **overuse** 過度使用

❼ **low cost** 低成本

❽ **significantly** 值得注目的、意為深長的

❾ **harm** 損害、為害

❿ **previous** 之前的

⓫ **intention** 意圖

【同】purpose、goal、aim、intent

⓬ **establish** 建立

【同】fix、set、settle、build

【反】destroy、demolish、ruin

KEY 79

Track 079

Like most people, who are on [1]**the waiting list** for the [2]**organ transplant**, Jessica still has the [3]**belief** that the best is yet to come even though the chance might be rare.

像大多數在等候器官移植名單上的民眾一樣，潔西卡仍抱持著最好的尚未到來的想法，即使等到機會可能渺茫。

文法解析

主要子句主詞→Jessica

主要子句動詞→has

以 like 展開，其後加上 most people，表示不像多數人，其後加上以關係代名詞 who 引導的子句補充說明 most people，形成"like most people, who are on the waiting list for the organ transplant"表示「像大多數在等候器官移植名單上的民眾一樣」，完成。

主要子句以主詞 Jessica 展開，加上"Jessica still has the belief that the best is yet to come even though the chance might be rare."，表示指「潔西卡仍抱持著最好的尚未到來的想法，即使等到機會可能渺茫」，完成此例句。

字彙

❶ **the waiting list**　在等候名單

❷ **organ transplant**　器官移植

❸ **belief**　信任、信賴、信念、想法

KEY 80

Track 080

During the period of the [1]locust [2]invasion, none of the crops is immune to the [3]**ravage**, but [4]**farmlands** are not locusts' main target partly because warm temperatures and heat wave provide them with a strong breeding ground in some urban cities and partly because the [5]**negligence** of locust problems is the main reason why they can gather in the certain places.

在蝗蟲侵襲的期間，沒有作物能倖免於蝗蟲的蹂躪，但是農地並非蝗蟲主要的目標，部分原因是溫暖的溫度和熱浪提供了它們在某些都市裡強力繁殖的溫床，部分原因是忽視蝗蟲的問題，這是它們得以能聚集在某些地方的主要原因。

文法解析

主要子句主詞→none

主要子句動詞→is

由 During… 展開，其後加上主詞 none 展開主要子句，形成 none of the crops is immune to the ravage，其後加上對等連接詞 but（表轉折），並以 and 連接兩個"partly because"，用以解釋農田並非是蝗蟲主要目標的原因，分別以"warm temperatures and... in some urban cities"及"the negligence of... in the certain places."說明造成蝗蟲問題的部分是因為溫暖的氣候還有熱浪讓部分都市成為其繁殖的溫床；再來就是人們長久以來一直都忽視蝗蟲的問題。

字彙

❶ **locust** 蝗蟲 ❷ **invasion** 侵襲 ❸ **ravage** 毀壞
❹ **farmland** 農地 ❺ **negligence** 漠視

Lesson 3

名詞

名詞的使用其實會影響到句子的複雜程度，而隨著名詞片語的使用，也會相對提高句子難度和讀者對句子的理解能力。

Let's talk in English !

名詞

名詞的使用

名詞的使用使得文句在訊息表達上更為濃縮、簡潔，其實很多時候可以避免過度的使用關係代名詞子句去形容或補充說明等等，直接使用名詞去表達，例如直接使用“the first female African American Nobel Prize winner”，而不是“she is the first person who won the Nobel Prize, and she is the winner who is a woman”。或是使用“the African American winner of the Nobel Prize”，直接用此名詞片語當主詞在加上動詞成為“The African American **winner** of the Nobel Prize is...”，動詞後加上所要形容主詞的是什麼。

此章選取了 40 組名詞，從名詞衍生出學術寫作中常見的句子。

句構解析

在文章中常見的句型為由定冠詞(the)和不定冠詞(a/an)加上形容詞以及主詞（即名詞）而形成的片語作為句型的開頭，其後再加上動詞等等。

故句型為【The/A/An+形容詞+主詞+of+名詞+主要動詞…】

也可以由分詞構句和介詞片語的句型中取名詞片語的部分成為句中主詞，其後再加上動詞等等。

A. 從分詞構句中取名詞片語：

句型為【The/A/An+形容詞+主詞+of+名詞+主要動詞…】

例如

KEY 01 Based on

Based on the loose adaptation of the famous fairy tales, such as Snow White and Cinderella, this best-selling book has not only reached socially wider buyers, but also set the best-selling record on Amazon.Com.

取 the loose **adaptation** of the famous fairy tales 置句首，其中 adaptation 是主詞，其後加上動詞 is 等即可發展成另一句子。改寫步驟如下：

STEP 1

取名詞片語 the loose **adaptation** of the famous fairy tales，其中 **adaptation** 當主詞。

STEP 2

其後加上動詞以及後面所想加入的描述內容。(fascinated **fascination**)。（可以由原句句意做出延伸或改寫，也可以維持原句意。）

故成為

The loose **adaptation** of the famous fairy tales is a very creative approach that children can experience something absolutely novel and refreshing.

（其中動詞 is 後加上新的描述內容，that children can experience something absolutely novel and refreshing.）

B. 從分詞構句中取過去分詞或現在分詞: 將過去分詞或現在分詞名詞化，名詞化後的名詞當主詞，例如取 KEY11 和 KEY22 為例。

分詞構句:

KEY11→現在分詞構句：【過去分詞構句，主要子句（S+V 的句型）】

KEY22→過去分詞構句：【現在分詞構句，主要子句（S+V 的句型）】

1. 取過去分詞當主詞

KEY 11 Fascinated by

Fascinated by Gone with the Wind, one of the longest and the most remarkable novels, especially its storyline, some fans even pay a visit to Atlantic City, the central scene of the entire novel, so that they can be truly satisfied.

改寫步驟如下：

STEP 1

先找出過去分詞 **fascinated**

STEP 2

將過去分詞名詞化(fascinated **fascination**)

STEP 3

以 fascination 當主詞。（可以由原句句意做出延伸或改寫，也可以維持原句意。）

故成為

The **fascination** of the Gone with the Wind, one of the longest and the most remarkable novels, especially its storyline, **has led to** the frequent visit of fans to Atlantic City, the central scene of the entire novel, so that they can be truly satisfied.

（其中以 the fascination 當主詞，搭配 lead to。）

2. 取現在分詞當主詞

KEY 29 Ultimately earning

Ultimately earning more than fifty million US dollars in his tenth movie for his company, Mark has proven the fact that many people wrong, including movie fans and major movie tycoons who were looked down upon him, but an accidental drug trafficking and illegal drug use in the fancy mansion with his best friends caught by the police right on the spot have ruined all his hard work for the past two decades.

改寫步驟如下：

STEP 1

先找出現在分詞 **earning**

STEP 2

將現在分詞名詞化 or 直接使用現在分詞（此句直接使用現在分詞 **earning**）

STEP 3

以 **earning** 當主詞

STEP 4

現在分詞或過去分詞前有副詞則將副詞形容詞化，故 ultimately ultimate。（可以由原句句意做出延伸或改寫，也可以維持原句意。）

故成為

The ultimate **earning** of more than fifty million US dollars in his tenth movie for his company **has proven** the fact that Mark has the potential in the film industry.

（其中 The ultimate **earning** of more than fifty million US dollars in his tenth movie for his company 由原句改寫，而 has the potential in the film industry.則為新加的內容。）

C. 從介詞片語和主要子句章節中取介詞片語：

將過去分詞或現在分詞名詞化，名詞化後的名詞當主詞，例如取 KEY75 為例。

KEY 75

With unpalatable flavor and unsavory tastes to protect them from being eaten by some predators, such as birds, insects, and rats, this defense mechanism has allowed certain plants to ensure their survival.

改寫步驟如下：

STEP 1

去掉介詞（with unlike like 等）

STEP 2

找出名詞片語 unpalatable **flavor** and unsavory **tastes**…。（此介詞片語中有兩名詞片語）

STEP 3

以 **flavor** 和 **tastes** 當主詞。

STEP 4

其後加上動詞以及後面所想加入的描述內容。（可以由原句句意做出延伸或改寫，也可以維持原句意。）

故成為

The unpalatable **flavor** and unsavory **tastes** to protect them from being eaten by some predators, such as birds, insects, and rats **are** the defense mechanism that ensures their survival of certain plants.

（其中 this defense mechanism has allowed certain plants to ensure their survival.改成 the defense mechanism that ensures their survival of certain plants.完成此例句。）

名詞結尾與常用名詞列表（本章節例句中擷取的常見名詞）

-CY	ascendancy, accuracy, frequency, constancy, consistency, urgency, policy, agency, tendency, ecstasy
-ION	combination, information, evolution, precision, sophistication nation, attraction, addition, observation, alienation, absorption, function, emission, contribution, distribution, degeneration generation, orientation, transfusion, confrontation, abdication sanitation, tension, complication, destination, differentiation acclamation, consumption, inspiration, reflection, representation, emotion, intention, revelation, interruption
-SHIP	relationship
-URE	closure, composure, departure, expenditure, sculpture, culture, stature

-DOM	symptom
-OR/OUR	flavor, behavior
-RY	industry, century, adultery, country
-TH	strength, length, wealth
-ITY	complexity, stability, ability, capability, disparity, animosity, reliability, infidelity
-NESS	illness, impoliteness, handedness, willingness, seriousness unsteadiness, fickleness, loneliness, joyfulness, happiness
-ACE -(EN)CE -ANCE	menace emergence, space, commonplace, prevalence, substance dependence, influence, voice, evidence, ambience, insistence, indulgence, consequence disappearance, fragrance, maintenance, appearance resemblance, romance
-TY -Y	popularity company, body, economy, matrimony, gravity, delivery technology
-MENT	achievement, equipment, statement, requirement, government, adjustment, development, enhancement, enrollment
-AGE	package, shortage, advantage
-HOOD	likelihood
-ING	seeing, feeling, finding, surroundings
-ANT/ENT	nutrient, continent, resident,

[U]：不可數名詞

[C]：可數名詞

常用名詞列表

KEY 81

- popularity 普及、流行、大眾化[U]
- combination 結合體、聯合體[U][C] / 團體、聯盟[C]
- skill 技能、技術[C] / 熟練性、能力[U]
- information 報告、消息、報導、情報資料、資訊[U] / 詢問處、詢問處職員[C]
- achievement 達成、完成[U] / 成就、成績[C]

KEY 82

- size 尺寸、大小、多少[C][U] / 尺碼、號、型[C] / 才幹、聲望[U]
- strength 力、力量、力氣、實力、效力[U] / 強度、（酒等的）濃度[U][C] / 長處[C] / 人數、兵力[U]
- ascendancy 優勢、優越、權勢[U]
- evolution 發展、進展[U] / （生物的）進化、演化、進化論[U]
- length （距離、尺寸的）長度[U][C] / （時間的）長短、期間[U][C]

KEY 83

- disappearance 消失、失蹤、滅絕[C][U]
- emergence 出現、浮現、露頭
- space 空間[U]、場所、空地、【建】生活空間、房間[C][U] 間隔、距離[C][U]
- evolution 發展、進展[U]、（生物的）進化、演化、進化論[U]
- rule 規則、規定、章程、條例[C]、習慣、通例、常規[C]、支配、統治、統治期間[U]、尺、標準[C]

KEY 84

- prevalence 流行、盛行、普遍、廣泛（疾病等的）流行程度[U]
- emergence 出現、浮現、露頭
- closure 關閉、打烊結束、終止

KEY 85

- accuracy 正確（性）、準確（性）[U]
- precision 精確（性）、精密（度）、準確（性）、確切（性）嚴格、細緻清晰（性）、明確（性）
- success 成功、成就、勝利[U][C] / 成功的事、取得成就的人[C]
- setting 安裝、裝置、設定[U] / 環境、背景[C] / （舞臺等的）布景[C]

KEY 86

- sophiscation （科技產品的）複雜、精密；老練
- equipment 配備、裝備設備、器械、用具才能、知識、素養[U]
- industry 工業、企業、行業[U][C] / 工業企業的資方人員[U] / 勤勉[U]
- technology 工藝學、工藝、技術[C][U] / 術語、專門語[U]

KEY 87

- frequency 頻繁、屢次[U] / 頻率、次數[C]
- indicator 指示者、指示物、指標、【生】（說明環境狀況的）指示生物（群落）
- illness 患病（狀態）、身體不適[U] / （某種）疾病[C]
- number 數、數字[C] / 號碼、第…號[C] / 數量、總數[C][U]

KEY 88

- attraction 吸引、吸引力[U] / 吸引物、喜聞樂見的事物[C]
- surrounding 環境、周圍的事物、周圍的情況
- fragrance 芬芳、香味、香氣[C][U]
- addition 加、附加[U] / 增加的人（或物）、（房屋的）增建部分[U]
- nectar 【植】花蜜

- observation 觀察、觀測、觀察力[U][C] / （觀察後發表的）言論、意見[C][(+on/about)] / 察覺、注意、監視[U]
- research （學術）研究、調查、探究[(+in/into/on)]
- purpose 目的、意圖[C] / 用途、效用、效果[C] / 意志、決心[U]

KEY 89

- dependence 依靠、依賴、視…而定[(+on/upon)]、信任、信賴[(+on/upon)]、所依賴的人（或物）[U]
- alienation 疏遠、離間
- impoliteness 無禮、粗魯
- willingness 自願、樂意[U]

KEY 90

- absorption 吸收、吸收過程全神貫注、專心致志[(+in)] 合併[(+into)]
- carbon dioxide 二氧化碳
- function 官能、功能、作用職務、職責盛大的集會（或宴會、宗教儀式）[C]
- maintenance 維持、保持維修、保養、堅持、主張扶養、生活費、贍養費[U]
- constancy 堅定、堅貞、堅決、忠實、忠誠、恆久不變[U]
- emission 放射、散發、發行

KEY 91

- complexity 錯綜性、複雜性[U]
- issue 問題、爭論、爭議[C] / 發行（物）、一次發行量、（報刊）期號[C]
- century 世紀、一百年[C]
- influence 影響、作用[C][U][(+on/upon)] / 影響力、勢力、權勢[U][(+over/with)] / 有影響的人（或事物）、有權勢者[C][(+for/on)]
- consensus 共識[C]
- phenomenon 現象、稀有的事、奇蹟、非凡的人、傑出的人才[C]

KEY 92

- weapon 武器、兵器、賴以防衛或戰勝他人的方式[C]
- power 權、政權、權力、勢力[(+over)] 職權 / 權限[C][U][+to-v]、能力、本領[(+of)]力、力量、動力、電力、功率[U] / （有時大寫）有權力的人、有影響的機構、強國、大國[C]
- voice 聲音、嗓子[C][U] / 表達的意見、願望、發言權 [U][(+in)]、代言人
- sailor 船員、水手、水兵
- charm 魅力[C][U] / 嫵媚、符咒、咒語、護身符[C] / 鏈條（或鐲子）上的小飾物[C]
- lethargy 昏睡、瞌睡、不活潑、無生氣

KEY 93

- contribution 貢獻[C][U][(+to/towards)] / 捐獻、捐助[U] / 捐獻的物品（或錢）[C] / 投稿[U] / 投寄的來稿[C]
- virtuosos 藝術愛好者、古董收藏家、藝術大師、音樂名手
- development 生長、進化、發展、發達[C][U][(+from/into)] / 發展（或培育等）的結果、產物[C][(+from/of)] / 事態發展、新情況、新變化、新動向[C]
- painting 上油漆[U]、繪畫、繪畫藝術、畫法[U] / 畫、油畫、水彩畫[C]
- sculpture 雕刻品、雕塑品、雕像[C][U] / 雕刻術、雕塑術[U] / 【地】刻蝕[U]
- inspiration 靈感[U] / 鼓舞人心的人（或事物）[C] / 【口】妙計、好辦法[C] / 吸入、吸氣[U]
- generation 世代、一代 [C] / 同時代的人、一代人、一代事物、（電腦、音響、武器系統等的）代[C] / 產生、發生、衍生[U]
- reflection 反射、回響、反射光、回聲[U] / 映象、倒影[C] / 反映、表達、抒發[C] / 容貌酷似的人、惟妙惟肖的事物[C] / 深思、熟慮、反省[U][(+on/upon)] / 想法、意見[C][(+on/upon)][+that] / 非議、（對名譽、品格）有損的事[C][(+on/upon)]

- culture 文化[C][U] / 教養、陶冶、修養[U] / 栽培、養殖[U] / （微生物等的）培養、培養菌[U][C]
- representation 代表、代理、代表權[U] / 表示、表現、表述[U][C] / 圖畫、圖像、雕像、塑像[C] / 陳述、抗議、演出、扮演[C]
- stature 身高、身材、（物體的）高度（精神、道德等的）高度境界、高度水準[U]

KEY 94

- statement 陳述、説明[C] / （正式的）聲明[C] / 【律】供述[C]、表達方式、陳述方式[U]、（銀行等的）報告單、結單、報告書、借貸表[C]
- witness 目擊者、見證人[C][(+of/to)] / 【律】證人、證物、連署人[C] / 證詞[U] / 證據、證明[C][(+to)]
- alibi 【律】不在犯罪現場的證明（或申辯）【口】藉口、託辭
- evidence 證據、證詞、證人、物證[U][(+of/for)][+that][+to-v] / 跡象[U][C][(+of)][+(that)] / 清楚、明顯[U]
- adultery 通姦、通姦行為[U][C]
- criminal 罪犯[C]

KEY 95

- requirement 需要、必需品[C] / 要求、必要條件、規定[(+for)]
- height 高、高度、海拔[U][C] / 身高[U][C] / 高地、高處、頂點、極致[(+of)]
- value 重要性、益處[U] / 價值、價格[C][U] / 等值、等價物[U] / 價值觀、價值基準

KEY 96

- ambience 氣氛、情調，環境[U]
- tourist 旅遊者、觀光者[C]
- value 重要性、益處[U] / 價值、價格[C][U] / 等值、等價物[U] / 價值觀、價值基準
- success 成功、成就、勝利[U][C] / 成功的事、取得成就的人[C]

KEY 97

- lack 欠缺、不足、沒有[U][(+of)]、缺少的東西、需要的東西[C]
- vitamin 維他命、維生素/（以字母 A、B、C 等命名的某種）維他命[U]
- body （人、動物的）身體、肉體[C] /（除頭、肢、尾以外的）軀幹、主體[C] /（文章、書籍等的）正文、主要部分[(+of)]、大量、許多[C][(+of)] /（人、動物等的）屍體[C]
- state 狀況、狀態[C] / 情況、形勢[C] / 形態、心態、興奮狀態[C] / 國家、政府、國土[C][U] / 身分、地位[U]
- symptom 症狀、徵候[(+of)]、徵兆、表徵[(+of)] [C]
- nutrient 營養物、滋養物[C]

KEY 98

- degeneration 衰退、墮落、【生】退化（作用）、【醫】變性
- generation 世代、一代 [C] / 同時代的人、一代人、一代事物、（電腦、音響、武器系統等的）代[C] / 產生、發生、衍生[U]
- impact 衝擊、影響[U]
- economy 節約、節省[C][U] / 經濟、經濟情況、經濟結構[U][C]
- seriousness 嚴肅性、認真、當真、嚴重性[U]

KEY 99

- resemblance 相似、相貌相似[U][(+between)] / 相似點、相似程度[C][(+to)] / 相似物、畫像、肖像[C]
- problem 問題、疑難問題、難弄的人、引起麻煩的人
- orientation 定位、定向、方針（或態度）的確定[U] / 方向、方位、傾向性[C] / 適應、熟悉、（對新生的）情況介紹[U][C]

100 KEY 100

- intention 意圖、意向、目的[C][U][(+of)][+to-v] / 【口】求婚意圖[(+towards)] 意思、含義[U]
- romance 中世紀騎士故事[C] / 傳奇小說、愛情小說、冒險故事[C] / 羅曼蒂克氣氛、浪漫情調[U] / 戀愛、風流韻事[C] / 浪漫曲[C]

- enrollment 登記、入會、入伍、登記人數
- revelation 揭示、暴露、顯示[U][C] / 被揭露的真相[C][+(that)]、出乎意料的事[(+to)] / 天啟、神示[C][U] / （大寫）《啟示錄》（《聖經•新約》的末卷）
- infidelity 不信神、無信仰、不貞
- interruption 中止、阻礙、障礙物、打擾、干擾、休止、間歇[U][C]
- disbelief 不信、懷疑
- statement 陳述、說明[C] / （正式的）聲明[C] / 【律】供述[C]、表達方式、陳述方式[U] / （銀行等的）報告單、結單、報告書、借貸表[C]

KEY 101

- abdication 放棄、退位、辭職
- empire 帝國[C] / 大企業[C] / 君權、皇權、絕對統治[U]
- orientation 定位、定向、方針（或態度）的確定[U] / 方向、方位、傾向性[C] / 適應、熟悉、（對新生的）情況介紹[U][C]

- KEY 102
- value 重要性、益處[U] / 價值、價格[C][U] / 等值、等價物[U] / 價值觀、價值基準
- matrimony 婚姻、夫婦關係、婚姻生活[U]
- couture 女裝設計
- feast 盛宴、筵席（感官等方面的）享受、賞心樂事[(+for)]、（宗教上的）祭日、節日
- host 主人、東道主、旅館老板（廣播、電視的）節日主持人、【生】寄主、宿主
- feeling 感覺、觸覺[U] / （…的）感覺、（…的）意識[C] / 看法、感想、預感[C][U] / 感情[C][U] / 同情、體諒[U][(+for)] / （對藝術等的）鑑賞力[(+for)]
- relationship 關係、關聯、人際關係[U][C][(+between/to/with)] / 親屬關係、姻親關係[U][(+to)]、風流韻事、戀愛關係[C]

- life 生命、生存[U]、生物、活的東西[U]、（個人的）性命[C] / 一生、壽命[C] / 生活（狀態）、生計[C][U] / 元氣、活力[U] / 無期徒刑[U] / 實物、真貨[U]

KEY 103

- need 需要、必要、需求、要求[(+of/for)][+to-v]、必要之物、需求 / 貧窮、困窘、危急[U]
- enhancement 提高、增加[C][U]
- product 產品、產物、產量、出產、結果、成果、作品、創作
- process 過程、進程、步驟、程序、工序、製作法[C]
- unsteadiness 不穩定、搖擺、易變、不規則、（習慣、行為等）古怪、無常
- taste 味覺[U] / 味道、滋味、感受、體驗 / 愛好、興趣[C][U][(+for/in)] / 趣味、情趣、審美、風雅、得體[U]
- gourmet 美食家
- consistency （液體等的）濃度、黏稠、堅硬、堅硬度[U][C] / 一貫、一致、符合、協調[U]
- flavor 味、味道[C][U] / 韻味、風味 / 香料、調味料[U][C]

KEY 104

- problem 問題、疑難問題、難弄的人、引起麻煩的人
- disaster 災害、災難、不幸[U][C]
- scientist 科學家

KEY 105

- rainfall 降雨、下雨、降雨量[U][C]
- drought 乾旱、旱災、長期乾旱、（長期的）缺乏、不足[U][C]
- continent 大陸、陸地、大洲[C]
- flood 洪水、水災；一大批、大量[(+of)]、漲潮、滿潮
- menace 威脅、恐嚇[C][U][(+to)] / 威脅性的言行、具有危害性的人（或物）[C]

- fauna 動物群
- flora 植物群（尤指某一地區或某一時期的植物群）[U][C]

KEY 106

- distribution 分發、分配、配給物[U][C] / 分布、（生物的）分布區域[U] / 散布[U] / 銷售（量）[U] / 分類[U][(+into)]
- wealth 財富、財產、資源、富有[U] / 豐富、大量[(+of)]
- voice 聲音、嗓子[C][U] / 表達的意見、願望 / 發言權[U][(+in)]、代言人
- change （使）改變、更改、使變化[(+from... to...)][(+into)]、換、交換、互換[(+for)]、給（床）換床單、兌換（錢）[(+for/into)]
- policy 政策、方針、策略、手段[U][C]
- stability 穩定、穩定性、安定、堅定、恆心[U]
- development 生長、進化、發展、發達[C][U][(+from/into)] / 發展（或培育等）的結果、產物[C][(+from/of)] / 事態發展、新情況、新變化、新動向[C]
- nation 國民、國家、民族

KEY 107

- commonplace 司空見慣的事、老生常談、陳詞濫調
- country 國家、國土[C] / 祖國、故鄉[C] / （具有某種地理特點的）區域[U]
- fight 戰鬥、搏鬥、打架[C] / 爭吵、爭論[C] / 戰鬥力、鬥志[U]
- sanitation 公共衛生、環境衛生、衛生設備、盥洗設備、下水道設施

KEY 108

- fickleness 浮躁、變化無常
- schedule 表、清單、目錄、計畫表、日程安排表、報表
- composure 平靜、鎮靜、沉著[U]
- ability 能力、能耐[+to-v] [U][C] / 才能、專門技能

KEY 109

- disparity 不同、不等
- confrontation 對質、比較、對抗
- tension （精神上的）緊張[U] / 緊張局勢、緊張狀況[U]
- animosity 仇恨、敵意、憎惡[C][U][(+against/to/towards)]
- turn 轉動、旋轉、轉變、變化、轉折（點）、行為、舉止、性情、氣質、素質、才能、（語言等的）特色、措詞
- approach 接近、靠近、即將達到[U][(+of)] / 通道、入口[C][(+to)] / 方法、門徑、態度[C][(+to)] / 接近的表示、接洽[(+to)]

KEY 110

- gravity 【物】重力、引力、地心吸力、嚴重性、危險性、重大、嚴肅、莊嚴、認真、低沉
- function 官能、功能、作用職務[C]
- ability 能力、能耐[+to-v] [U][C] / 才能、專門技能
- substance 物質[C] / 實質、本質、實體、本體[U] / 本旨、主旨、要義、真義[U] / （質地的）堅實、牢固[U]
- complication 糾紛、混亂、複雜（化）[U][C] / 【醫】併發症[C] / （新出現的）困難、障礙[C] / （戲劇、小説情節發展中出現的錯綜複雜的）糾葛
- appointment （尤指正式的）約會[C][(+with)][+to-v] / （會面的）約定[U] / 任命、委派[U][(+as/of)/ 職位、官職[C] / 注定、命定
- transfusion 傾注、灌輸、滲透、【醫】輸血、輸液

KEY 111

- change （使）改變、更改、使變化[(+from... to...)][(+into)]、換、交換、互換[(+for)]、給（床）換床單、兑換（錢）[(+for/into)]
- schedule 表、清單、目錄、計畫表、日程安排表、報表
- departure 離開、出發、起程[C][U][(+for)] / 背離、違背、變更[C][(+from)] / 偏移、偏差
- destination 目的地、終點、目標、目的

- reliability 可靠、可信賴性、可靠程度
- agency 代辦處、經銷處、代理機構[C] / 專業行政機構、局、署、處、社[C] / 動力、作用[(+of)] / 仲介、代理[(+of)]
- ground 立場、觀點[U] / 根據、理由[U][(+for)][+to-v] / （問題所涉及的）範圍、研究的領域[U] / 基礎、（繪畫等的）底子、底材、底色[C] / 地面
- complaint 抱怨、抗議、怨言、抱怨的緣由[C][U][(+about/over/against)] / 【律】控告、控訴[C][(+against/with)] / 疾病、身體不適[C]

KEY 112

- adjustment 調節、調整、校正[U][C][(+in/of)] / 調節裝置[C] / 調解[U] / （保險索賠等的）金額理算
- smell 氣味、香味、臭味[U][C] / 嗅覺[U] / 嗅、聞 / 少許 / 跡象、影蹤[U]
- aroma （植物、酒、菜肴等的）芳香、香氣、香味[C][U] / 氣味[C][U] / 風味、韻味[U]
- change （使）改變、更改、使變化[(+from... to...)][(+into)]、換、交換、互換[(+for)]、給（床）換床單、兌換（錢）[(+for/into)]
- look 看、瞥[(+at)]、臉色、眼神、表情、外表、樣子、面容、美貌

KEY 113

- study 學習、研究、調查[U]研究論文、專題論文[C] / 學科、學問[C] / 課題、研究對象[C]
- handedness 用右手或左手之習慣
- character（人的）品質、性格、（事物的）性質、特性[C][U] / 好品質、骨氣、特色[U] （小說、戲劇等的）人物、角色[C] / 名聲、名譽[C]
- capability 能力、才能[C][U][(+for/of)][+to-v] / 性能、功能、耐受力[C][U] / 潛力、未展現的特色[(+as)]

KEY 114
- delivery 投遞、傳送[U][C] / 交付、交貨[U][C] / 轉讓、引渡[U][C] / 分娩[C]
- food package 食物包裹
- blizzard 大風雪、暴風雪[C] / 暴風雪似的一陣、大量（或大批）[(+of)]
- urgency 緊急、迫切、催促、堅持、急事
- destination 目的地、終點、目標、目的
- concern 關心的事、重要的事[C] / 關係、利害關係[C][U][(+with/in)] / 擔心、掛念、關懷[U][C][(+about/for)] / 公司、企業[C]
- resident 居民

KEY 115
- decline 下降、減少 / 衰退、衰落、最後部分、晚年、傾斜
- function 官能、功能、作用職務[C]
- increase 增加
- expenditure 消費、支出、用光[U][(+on)]、支出額、經費[U][C]
- income 收入、收益、所得[C][U]
- problem 問題、疑難問題、難弄的人、引起麻煩的人

KEY 116
- appearance 出現、顯露[C] / 露面、來到、演出[C] / 出版[C] / 外貌、外觀、外表[U][C] / 景象、現象[C]
- downtown 城市商業區、鬧區[C]
- likelihood 可能、可能性[U][(+of)][+(that)]
- shortage 缺少、不足、匱乏[U][C] / 不足額（或量）[C]
- supply 供給、供應[U] / 供應量、供應品、庫存（貨）[C] / 生活用品、補給品、軍糧 /（議會所通過的）支出 /（個人的）生活費
- preference 更加的喜愛、偏愛[U][C][(+for)] / 偏愛的事物（或人）[C] / 偏袒[U][(+for)] / 優先（權）、優惠權[U][C]

KEY 117

- indulgence 沉溺、放縱[U][(+in)]、縱容、寬容、遷就[U] / 嗜好、愛好[C] / 恩惠、特權
- reason 理由、原因、動機[C][U][(+for)][+(that)][+why][+to-v] / 理性、理智、判斷力、推理[U] / 道理、情理、明智[U] / 正常心智、正常神志[U]
- problem 問題、疑難問題、難弄的人、引起麻煩的人
- peer（地位、能力等）同等的人、同輩、同事、（英國的）貴族、（英國的）上院議員
- acclamation 歡呼、喝采[U][C] / 鼓掌歡呼表示通過、口頭通過[U]
- world 世界、地球、宇宙 / （有生物存在的）天體[C] / （指一群生物）世界 / 人世生活、世情、世故 / 世間、物質生活

KEY 118

- differentiation 區別、變異、微分
- advantage 有利條件、優點、優勢[C][U][(+over)] / 利益、好處[C][U] / （網球賽中的）優勢分[U]

KEY 119

- behavior 行為、舉止、態度、（機器等的）運轉狀態、性能、（事物的）反應、變化、作用
- tendency 傾向、癖性、天分[(+to/toward)][+to-v]、趨勢、潮流[(+to/toward)][+to-v]、傾向、意向
- consumption 消耗、用盡、消耗量、消費量 / 消費、憔悴、肺癆、癆病
- seduction 教唆、誘惑、魅力、吸引
- pattern 花樣、圖案、形態、樣式、格局、樣品、樣本、模範、榜樣、典型、模式

KEY 120

- feeling 感覺、觸覺[U] / （…的）感覺、（…的）意識[C] / 看法、感想、預感[C][U] / 感情[C][U] / 同情、體諒[U][(+for)] / （對藝術等的）鑑賞力[(+for)]
- laughter 笑、笑聲[U]
- happiness 幸福、快樂、愉快幸運、恰當、巧妙[U]
- joyfulness 高興、快樂[U]
- ecstasy 狂喜、出神、入迷[(+of/over)]、（宗教的）入迷狀態、合成迷幻藥[U][C]
- emotion 感情、情感[C] / 激動[U]
- loneliness 孤獨、寂寞、人跡罕至[U]
- anger 怒、生氣[U]
- solitude 孤獨、寂寞、隱居[U] / 冷僻（處）、荒涼（之地）[C][U]
- consequence 結果、後果[C] / [(+of)重大、重要（性）[U][(+to)] / 自大、神氣活現[U] / 邏輯上的必然結果、推論
- behavior 行為、舉止、態度、（機器等的）運轉狀態、性能、（事物的）反應、變化、作用[U]

攻克要點 2

以名詞篇章中的 40 個例句來看，讀者就能發現，其實很常見到以名詞片語為開頭加上動詞的句型，在文章中主詞會影響到後面動詞的變化，而主動詞的一致也是在寫作上要特別注意的地方，隨著句子不斷拉長以及句子的複雜程度，也很容易忽略掉或誤判句子中的主要的主詞和動詞。

其實在整個長串的名詞片語中，主要主詞後常伴隨著三種形式

- 介系詞片語：The **possibility of**…（of 後的介系詞片語）
- 分詞片語：The **research** conducted **by**…（省略 which is，by 後的分詞片語）
- 不定詞片語：The worst **way to**…（to 後面的不定詞片語）

另外還需注意的為連接詞片語，連接詞片語也會影響著主、動詞的一致，常見的連接詞片語包含 **either**、**neither**、**not only... but also**、**not... but**、**as well as**、**along with**、**together with**、**both** 等等。

常見的連接詞片語請參考下列表格

<table>
<tr><th colspan="3">主動詞一致：連接詞片語</th></tr>
<tr><td>Both A and B</td><td>A and B 兩者都</td><td>＋複數動詞</td></tr>
<tr><td>(Either) A or B</td><td>A 或 B</td><td rowspan="5">＋動詞（以 B 來決定動詞的單複數）</td></tr>
<tr><td>Neither A nor B</td><td>A 和 B 兩者皆否</td></tr>
<tr><td>Not A but B</td><td>不是 A 而是 B</td></tr>
<tr><td>Not only A but also B</td><td>不只 A，B 也是</td></tr>
<tr><td>B as well as A
B along with A
B together with A</td><td>不只 A，B 也是
不只 A，B 也是
不只 A，B 也是</td></tr>
</table>

超給力例句

KEY 81  Track 081

- **popularity** 普及、流行、大眾化[U]
- **combination** 結合體、聯合體[U][C] / 團體、聯盟[C]
- **skill** 技能、技術[C] / 熟練性、能力[U]
- **information** 報告、消息、報導、情報資料、資訊[U] / 詢問處、詢問處職員[C]
- **achievement** 達成、完成[U] / 成就、成績[C]

The popularity of the ❶**on-line game** in recent years ❷**has a lot to do with** the ❸**meticulously** ❹**designed** ❺**storyline**, a combination of ❻**computer** skills and information ❼**processing**, and an achievement of completing ❽**tasks**.

近幾年線上遊戲的流行，與精心設計的故事情節，訊息處理和電腦技能的結合，以及完成任務的成就感息息相關。

文法解析

主要主詞→popularity

主要動詞→has

由 The popularity of the on-line game 加上時間 in recent years，加上 has a lot to do with（與…息息相關），在由 and 連接三個名詞片語 with the meticulously designed storyline、a combination of computer skills and information processing、and an achievement of completing tasks.表示是與什麼相關。

字彙

❶ **on-line game** 線上遊戲
❷ **has a lot to do with** 息息相關
❸ **meticulously** 小心翼翼地
❹ **design** 構思 設計
❺ **storyline** 故事情節
❻ **computer** 電腦
❼ **process** 處理
❽ **tasks** 任務

Track 082

- **size** 尺寸、大小、多少[C][U] / 尺碼、號、型[C] / 才幹、聲望[U]
- **strength** 力、力量、力氣、實力、效力[U] / 強度、（酒等的）濃度[U][C] / 長處[C] / 人數、兵力[U]
- **ascendancy** 優勢、優越、權勢[U]
- **evolution** 發展、進展[U] / （生物的）進化、演化、進化論[U]
- **length** （距離、尺寸的）長度[U][C] / （時間的）長短、期間[U][C]

[1]**Voluminous** [2]**dinosaurs**, [3]**once** [4]**dominated** [5]**the Earth**, [6]**because of** their size and strength, had quite ascendancy, but the evolution has [7]**proved** the fact that the length of the time for the [8]**species** to [9]**maintain** their [10]**status** is really hard to tell.

曾經一度是地球上的霸主，體型龐大的恐龍因為其體態和力氣，占著相當的優勢，但是演化卻證實了，對一物種來説維持其地位的時間長短卻是很難説的。

文法解析

主要主詞→dinosaurs
主要動詞→had
對等連接詞(but)後句子主詞→ evolution
對等連接詞(but)後句子動詞→ has proved

主詞 Voluminous dinosaurs 加上 once dominated the Earth（其中省略 which were 關係代名詞子句），加上 because of（表原因）their size and strength，再加上 had quite ascendancy 完成此句。

其後加上 but（表轉折的對等連接詞），連接 the evolution has proved the fact that，其後連接另一子句，the length of the time for the species to maintain their status is really hard to tell。

字彙

❶ **voluminous** 體型龐大的
❷ **dinosaur** 恐龍
❸ **once** 曾經
❹ **dominate** 占領
❺ **the Earth** 地球
❻ **because of** 因為
❼ **proved** 證實
❽ **species** 物種
❾ **maintain** 維持
❿ **status** 地位

KEY 83 Track 083

- **disappearance** 消失、失蹤、滅絕[C][U]
- **emergence** 出現、浮現、露頭
- **space** 空間[U]、場所、空地、【建】生活空間、房間[C][U] 間隔、距離[C][U]
- **evolution** 發展、進展[U]、（生物的）進化、演化、進化論[U]
- **rule** 規則、規定、章程、條例[C]、習慣、通例、常規[C]、支配、統治、統治期間[U]、尺、標準[C]

The sudden disappearance of the ❶**marine** species has led to the emergence of certain species, for there is always a space for some if certain species are unable to ❷**withstand** the test of the evolutionary rules.

海洋物種的突然滅絕，導致了特定物種的出現，因為總是會有空位留給某些物種，如果特定的物種無法禁得起演化規則下的考驗。

文法解析

主要主詞→disappearance　主要動詞→has

對等連接詞(for)後句子主詞→a space　對等連接詞(for)後句子動詞→is

名詞片語 The sudden disappearance of the marine species 加上 has led to（lead to 導致…），其後加上另一名詞片語 the emergence of certain species 完成此句。再加對等連接詞 for（表原因），加上 there is always a space for some，加上 if 引導的副詞子句，if certain species are unable to withstand the test of the evolutionary rules.完成此句。

字彙

❶ **marine** 海洋的 ❷ **withstand** 抵抗

Track 084

- **prevalence** 流行、盛行、普遍、廣泛（疾病等的）流行程度[U]
- **emergence** 出現、浮現、露頭
- **closure** 關閉、打烊結束、終止

The prevalence of using ❶**smartphones** has led to the emergence of ❷**social networking sites**, such as Facebook and Twitter, but it has also led to the closure of some live messengers, such as MSN.

使用智慧型手機的普及，已導致了像是臉書和推特的社群網站的出現，但也使得即時通訊像是 MSN 的關閉。

文法解析

主要主詞→prevalence　主要動詞→has

對等連接詞(nor)後句子主詞→it　對等連接詞(nor)後句子動詞→has led

名詞片語 The prevalence of using smartphones 加上 has led to（lead to 導致…），其後加上另一名詞片語 the emergence of social networking sites，其後加上表舉例的 such as，加上所舉例的對象 Facebook and Twitter 完成此句。其後加上對等連接詞 but（表轉折），再加上 it has also led to the closure of some live messengers，其後加表舉例的 such as，加上所舉例的對象 MSN.完成此句。

字彙

❶ **smartphones**　智慧型手機

❷ **social networking site**　社交網站

KEY 85

Track 085

- **accuracy** 正確（性）、準確（性）[U]
- **precision** 精確（性）、精密（度）、準確（性）、確切（性）嚴格、細緻清晰（性）、明確（性）
- **success** 成功、成就、勝利[U][C] / 成功的事、取得成就的人[C]
- **setting** 安裝、裝置、設定[U] / 環境、背景[C] / （舞臺等的）布景[C]

Accuracy and precision is the ❶**key** to success in the ❷**laboratory** setting because you cannot do ❸**research** ❹**negligently**, nor can you use certain ❺equipment while ❻**absent-mindedly** ❼**texting** Line ❽**message** to your girl friend.

準確度和精確度是實驗室場景中成功的關鍵，因為你不能輕忽地作研究，也不能再使用特定設備時，心不在焉的與女朋友傳 line 訊息。

文法解析

主要主詞→accuracy and precision

主要動詞→is

對等連接詞(nor)後句子主詞→you

對等連接詞(nor)後句子動詞→use

名詞片語 Accuracy and precision 加上動詞 is 加上 the key to success in the laboratory setting，其後加上副詞子句 because 引導的子句，because you cannot do research negligently 完成子句。

其後加上 nor（也不）表倒裝，nor can you use certain equipment，加上 while 引導的子句 while absent-mindedly texting Line messages to your girl friend.完成此句。

字彙

❶ **key** 關鍵
❷ **laboratory** 實驗的
❸ **research** 研究
❹ **negligently** 疏忽地
❺ **equipment** 設備
❻ **absent-mindedly** 心不在焉地
❼ **text** 傳（簡訊、訊息）
❽ **messages** 訊息

Track 086

- **sophistication**（科技產品的）複雜、精密；老練
- **equipment** 配備、裝備設備、器械、用具才能、知識、素養[U]
- **industry** 工業、企業、行業[U][C] / 工業企業的資方人員[U] / 勤勉[U]
- **technology** 工藝學、工藝、技術[C][U] / 術語、專門語[U]

The sophistication of ❶**high-tech** equipment has ❷**confounded** many ❸**Technology Department** ❹**gurus** who have been in this industry for around two decades, so the ❺**manager** of the technology cannot help but ❻**seek** help outside the company.

高科技產品的經密度使得許多在此產業待近二十年的科技部門專家們不知所措，所以科技經理不得不像公司外部尋求協助。

文法解析

主要主詞→sophistication
主要動詞→has
對等連接詞(so)後句子主詞→manager
對等連接詞(so)後句子動詞→(cannot help but) seek

名詞片語 The sophistication of high-tech equipment 加上動詞 has confounded 加上 many Technology Department gurus，其後 who 引導的關係代名詞子句 who have been in this industry for around two decades。其後加上對等連接詞 so（表所以），再加上 the manager of the technology cannot help but seek help outside the company.完成子句。

字彙

❶ **high-tech** 高科技
❷ **confound** 困惑
❸ **Technology Department** 科技部門
❹ **guru** 專家
❺ **manager** 經理
❻ **seek** 尋求

KEY 87

Track 087

- **frequency** 頻繁、屢次[U] / 頻率、次數[C]
- **indicator** 指示者、指示物、指標、【生】（說明環境狀況的）指示生物（群落）
- **illness** 患病（狀態）、身體不適[U] / （某種）疾病[C]
- **number** 數、數字[C] / 號碼、第…號[C] / 數量、總數[C][U]

The frequency of ❶**attending** ❷**A.A. meeting** can be an indicator for ❸**heavy users** who really want to ❹recover from this ❺**so-called** illness, but for those who actually enjoy getting back to the A.A. meeting ❻**every now and then**, the numbers do not really matter.

對想要從所謂的疾病中康復的重度使用者來說，參與匿名戒酒協會的頻率可能是個可參考的指標，但是對於不時想回來參加的與會享受者，數字根本無足輕重。

文法解析

主要主詞→frequency
主要動詞→can be
對等連接詞(but)後句子主詞→numbers
對等連接詞(but)後句子動詞→matter

名詞片語 The frequency of attending A.A. meeting 加上動詞 can be，加上此能成為一個指標 an indicator 加上 for heavy users，其後加上 who 引導的關係代名詞子句 who really want to recover from this so-called illness 補充說明 heavy users 完成子句。

其後加上對等連接詞 but（表但是），其後加上介係詞片語 for those

who actually enjoy getting back to A.A. meeting every now and then，最後加上主要子句 the numbers do not really matter.。

字彙

❶ **attend** 參加
❷ **A.A. meeting** 匿名戒酒會議
❸ **heavy user** 重度使用者
❹ **recover** 恢復、復原
❺ **so-called** 所謂的
❻ **every now and then** 偶爾

 Track 088

- **attraction** 吸引、吸引力[U] / 吸引物、喜聞樂見的事物[C]
- **surrounding** 環境、周圍的事物、周圍的情況
- **fragrance** 芬芳、香味、香氣[C][U]
- **addition** 加、附加[U] / 增加的人（或物）、（房屋的）增建部分[U]
- **nectar** 【植】花蜜
- **observation** 觀察、觀測、觀察力[U][C] / （觀察後發表的）言論、意見[C][(+on/about)] / 察覺、注意、監視[U]
- **research** （學術）研究、調查、探究[(+in/into/on)]
- **purpose** 目的、意圖[C] / 用途、效用、效果[C] / 意志、決心[U]

The ❶**main** attraction of going to the open ❷**flower market** that ❸**resembles** 99% of the ❹**natural** surroundings is the fragrance of various flowers, the addition of the nectar for the ❺**cuisine** and afternoon meals, and ❻**rare** ❼**insects** for the observation on the research purpose.

前往仿真 99%自然環境的開放式花市，最主要的吸引力是，不同花的香氣，美食和下午餐飲會加入的花蜜，及用於研究用途的稀有昆蟲。

文法解析

主要主詞→attraction

主要動詞→is

名詞片語 The main attraction of going to the open flower market 加上 that resembles 修飾 the open flower market，其後加上 99% of the natural surroundings 完成前段，再加上動詞 is，其後加上另三個名

詞片語 the fragrance of various flowers、the addition of the nectar for the cuisine and afternoon meals、and rare insects for the observation on the research purpose.表示主詞的主要吸引力在哪，完成此句。

字彙

❶ **main** 主要的
❷ **flower market** 花市
❸ **resemble** 相似
❹ **natural** 自然的
❺ **cuisine** 美食
❻ **rare** 稀有的
❼ **insect** 昆蟲

KEY 89 Track 089

- **dependence** 依靠、依賴、視…而定[(+on/upon)]、信任、信賴[(+on/upon)]、所依賴的人（或物）[U]
- **alienation** 疏遠、離間
- **impoliteness** 無禮、粗魯
- **willingness** 自願、樂意[U]

The ❶**increasing** dependence for the ❷**smartphone** ❸**device** ❹**has given rise to** the alienation among people, and some might think the impoliteness of using ❺**cell-phone** all the time during family or friend ❻**gatherings** will not be ❼**solved** unless heavy users show their willingness to change.

逐漸仰賴的智慧型手機裝置，已經導致人與人之間的疏離，有些人會認為於家庭或朋友聚會中，一直使用手機是不禮貌的，而此問題除非重度使用者願意有所改變不然仍無法解決。

文法解析

主要主詞→dependence

主要動詞→has given

對等連接詞(for)後句子主詞→some

對等連接詞(for)後句子動詞→might think

Think(that)子句中

主詞→impoliteness

動詞→will not be solved

名詞片語 The increasing dependence for the smartphone device

加上 has given rise to（give rise to 導致），其後加上 the alienation among people，其後加上對等連接詞 and，再加上 some might think the impoliteness of using cellphone all the time during family or gatherings，加上 will not be solved，其後加上 unless（表除非）引導的副詞子句形成 unless heavy users show their willingness to change.完成此句。

字彙

❶ **increasing** 逐漸的
❷ **smartphone** 智慧型手機
❸ **device** 裝置
❹ **has given rise to** 導致
❺ **cellphone** 手機
❻ **gathering** 聚集、聚會
❼ **solved** 解決

- **absorption** 吸收、吸收過程全神貫注、專心致志[(+in)] 合併[(+into)]
- **carbon dioxide** 二氧化碳
- **function** 官能、功能、作用職務[C]
- **maintenance** 維持、保持維修、保養、堅持[U]
- **constancy** 堅定、堅貞、堅決、忠實、忠誠、恆久不變[U]
- **emission** 放射、散發、發行

The absorption of carbon dioxide is the main function of the ❶**rainforest**, for the maintenance of the constancy of carbon dioxide emissions is ❷**essential** for all living creatures.

二氧化碳的吸收是熱帶雨林的主要功能，因為維持二氧化碳含量排放的恆定，對所有生物來説是很重要的。

文法解析

主要主詞→absorption　主要動詞→is

對等連接詞(for)後句子主詞→constancy　對等連接詞(for)後句子動詞→is

名詞片語 The absorption of carbon dioxide 表示二氧化碳的吸收加上動詞 is，其後加上 the main function of the rainforest 表示是雨林最主要的功能，完成此句。其後加上對等連接詞 for（表因果），加上名詞片語 the maintenance of the constancy of carbon dioxide emissions，其後加上動詞 is 和 essential for all living creatures。

❶ **rainforest**　雨林　❷ **essential**　必要的

KEY 91 Track 091

- **complexity** 錯綜性、複雜性[U]
- **issue** 問題、爭議[C] / 發行（物）、一次發行量、（報刊）期號[C]
- **century** 世紀、一百年[C]
- **influence** 影響、作用[C][U][(+on/upon)] / 影響力、勢力、權勢[U][(+over/with)] / 有影響的人（或事物）、有權勢者[C][(+for/on)]
- **consensus** 共識[C]
- **phenomenon** 現象、稀有的事、奇蹟、非凡的人、傑出的人才[C]

The complexity of the social issues remains for over a century simply because the influence is huge and profound, the consensus is hard to reach, and the phenomenon is always highly polarized.

社會議題的複雜性持續了超過一世紀，只因為其影響是很大且很深遠的，很難達成共識，且現象一直都是很兩極化的。

文法解析

主要主詞→complexity

主要動詞→remains

名詞片語 The complexity of the social issues 表示社會議題的複雜性，其後加上了動詞 remains 和時間 for over a century，再加上 because（表原因）引導的副詞子句，其後加上三個名詞片語 the influence is huge and profound, the consensus is hard to reach, and the phenomenon is always highly polarized.表示原因。

- **weapon** 武器、兵器、賴以防衛或戰勝他人的方式[C]
- **power** 權、政權、權力、勢力[(+over)] 職權 / 權限[C][U][+to-v]、能力、本領[(+of)]力、力量、動力、電力、功率[U] / （有時大寫）有權力的人、有影響的機構、強國、大國[C]
- **voice** 聲音、嗓子[C][U] / 表達的意見、願望、發言權 [U][(+in)]、代言人
- **sailor** 船員、水手、水兵
- **charm** 魅力[C][U] / 嫵媚、符咒、咒語、護身符[C] / 鏈條（或鐲子）上的小飾物[C]
- **lethargy** 昏睡、瞌睡、不活潑、無生氣

Weapons are things that we use to defend ourselves when we are attacked, but none are able to compete with the power of the Siren's ❶**euphonious** voices simply because sailors who are not capable of resisting the ❷**irresistible** charm are doomed to lethargy.

武器為當我們受到攻擊時用以保護自己的東西，但是沒有武器能與賽妊悅耳聲音的能力匹敵，只因為在無法抵抗令人無法抗拒的此魅力的水手們註定會陷入昏睡。

文法解析

主要主詞→weapons

主要動詞→are

對等連接詞(but)後句子主詞→none

對等連接詞(but)後句子動詞→is

由主詞 weapons 展開其後加上 are things that we use to defend ourselves 表示武器為我們用以保護自己的東西，其後加上了 when 引導的副詞子句表示是當我們受到攻擊時(when we are attacked)，再加上對等連接詞 but（表轉折），其後加上 none are able to compete with the power of the Siren's euphonious voices 以及 because 引導的副詞子句 simply because sailors who are not capable of resisting the irresistible charm are doomed to a lethargy.，sailors 又以 who 引導的關係代名詞子句補充說明 sailors，句中的動詞為 are。

字彙

❶ **euphonious** 悅耳的
❷ **irresistible** 令人無法抗拒的

- **contribution** 貢獻[C][U][(+to/towards)] / 捐獻、捐助[U] / 捐獻的物品（或錢）[C] / 投稿[U] / 投寄的來稿[C]
- **virtuosos** 藝術愛好者、古董收藏家、藝術大師、音樂名手
- **development** 生長、進化、發展、發達[C][U][(+from/into)] / 發展（或培育等）的結果、產物[C][(+from/of)] / 事態發展、新情況、新變化、新動向[C]
- **painting** 上油漆[U]、繪畫、繪畫藝術、畫法[U] / 油畫、水彩畫[C]
- **sculpture** 雕刻品、雕塑品、雕像[C][U] / 雕刻術、雕塑術[U] / 【地】刻蝕[U]
- **inspiration** 靈感[U] / 鼓舞人心的人（或事物）[C] / 【口】妙計、好辦法[C] / 吸入、吸氣[U]
- **generation** 世代、一代 [C] / 同時代的人、一代人、一代事物、（電腦、音響、武器系統等的）代[C] / 產生、發生、衍生[U]
- **reflection** 反射、回響、反射光、回聲[U] / 映象、倒影[C] / 反映、表達、抒發[C] / 容貌酷似的人、惟妙惟肖的事物[C] / 深思、熟慮、反省[U][(+on/upon)] / 想法、意見[C][(+on/upon)][+that] / 非議、（對名譽、品格）有損的事[C][(+on/upon)]
- **culture** 文化[C][U] / 教養、陶冶、修養[U] / 栽培、養殖[U] / （微生物等的）培養、培養菌[U][C]
- **representation** 代表、代理、代表權[U] / 表示、表現、表述[U][C] / 圖畫、圖像、雕像、塑像[C] / 陳述、抗議、演出、扮演[C]
- **stature** 身高、身材、（物體的）高度（精神、道德等的）高度境界、高度水準[U]

The contribution of various virtuosos led to the development of paintings, cave arts, and sculpture during the past few centuries, and their works have been inspiration for a later generation, reflections of the cultures and ideas of our ancestors, and they represent each country's national stature.

過去幾世紀期間，不同的藝術家們的貢獻導致了繪畫、洞穴藝術和雕刻的進展，而他們的作品一直是後代們靈感的來源、反映出的文化涵養和我們祖先的想法以及代表著每個國家的國家水準。

文法解析

主要主詞→contribution　主要動詞→has led
對等連接詞(and)後句子主詞→their works
對等連接詞(and)後句子動詞→have been

由名詞片語 The contribution of various virtuosos 展開，其中 contribution 為主詞搭配 lead to 導致於…，加上 the development of…，其後加上所發展的項目並以對等連接詞連接三個項目(paintings, cave arts, and sculpture)，最後加上時間 during the past few centuries，故全句成為 The contribution of... during the past few centuries。

其後以對等連接詞連接加上 their works have been（表示他們的作品一直是…），are things that we use to defend ourselves 表示武器為我們用以保護自己的東西，其後加上了三個名詞片語 inspiration for later generations、reflections of the cultures and ideas of our ancestors 以及 the representation of each country's national stature 來完成此例句。

Track 094

- **statement** 陳述、說明[C] /（正式的）聲明[C] /【律】供述[C]、表達方式、陳述方式[U]、（銀行等的）報告單、結單、報告書、借貸表[C]
- **witness** 目擊者、見證人[C][(+of/to)] /【律】證人、證物、連署人[C] / 證詞[U] / 證據、證明[C][(+to)]
- **alibi**【律】不在犯罪現場的證明（或申辯）【口】藉口、託辭
- **evidence** 證據、證詞、證人、物證[U][(+of/for)][+that][+to-v] / 跡象[U][C][(+of)][+(that)] / 清楚、明顯[U]
- **adultery** 通姦、通姦行為[U][C]
- **criminal** 罪犯[C]

❶**Thanks** to the ❷**weak** statements from the witnesses and a ❸**solid** alibi from ❹**the police**, the ❺**high court** has ❻**decided** that the evidence of the adultery is ❼**insufficient**; ❽**therefore**, the criminal can be ❾**released** ❿**instantly** from court.

幸虧證人們的薄弱證詞以及警方強而有力的不在場證明，高等法院已經決定通姦罪罪證不足，因此罪犯能於法院中即刻釋放。

文法解析

主要主詞→the high court

主要動詞→has

承轉詞(therefore)後句子主詞→criminal

承轉詞(therefore)後句子動詞→can be released

由 thanks to（幸虧…）加上名詞片語 the weak statements from the witnesses 和 a solid alibi from the police，其後加上主要子句，主要

子句以 the high court 當主詞展開，the high court has decided that the evidence of the adultery is insufficient。其後加上轉折詞 therefore（表因果），加上事件的結果 the criminal can be released instantly from court.完成此句。

字彙

❶ **thanks to** 幸虧
❷ **weak** 薄弱的
❸ **solid** 穩固的
❹ **the police** 警方
❺ **high court** 高等法庭
❻ **decide** 決定
❼ **insufficient** 不足的
❽ **therefore** 因此
❾ **release** 釋放
❿ **instantly** 立即地

KEY 95

Track 095

- **requirement** 需要、必需品[C] / 要求、必要條件、規定[(+for)]
- **height** 高、高度、海拔[U][C] / 身高[U][C] / 高地、高處、頂點、極致[(+of)]
- **value** 重要性、益處[U] / 價值、價格[C][U] / 等值、等價物[U] / 價值觀、價值基準

The requirement for certain species to grow to a certain height is ❶**infinitesimal**; thus, the value of those species is ❷**invaluable**.

對特定物種成長到特定高度的條件是微乎其微的，因此那些物種的價值是無價的。

文法解析

主要主詞→requirement　主要動詞→is

承轉詞(thus)後句子主詞→value　承轉詞(thus)後句子動詞→is

由名詞片語 The requirement for certain species to grow to a certain height 加上動詞 is，其後加上形容詞 infinitesimal 做主詞補語，表示對特定物種成長到特定高度的條件是微乎其微的，其後加上承轉詞 thus(表因果)，再加上事件的結果 the value of those species is invaluable.完成此句。

字彙

❶ **infinitesimal**　微乎其微的、渺茫的

❷ **invaluable**　無價的

KEY 96

Track 096

- **ambience** 氣氛、情調，環境[U]
- **tourist** 旅遊者、觀光者[C]
- **value** 重要性、益處[U] / 價值、價格[C][U] / 等值、等價物[U] / 價值觀、價值基準
- **success** 成功、成就、勝利[U][C] / 成功的事、取得成就的人[C]

The ambience of this restaurant has not only [1]**allured** thousands of tourists, who are seeking a [2]**somewhat** friendly and romantic place, but also starters, who want to [3]**emulate** the success of it into their own coffee shops.

餐廳的氣氛不只吸引了，上千名尋求有點親切又浪漫地點的觀光客，而且吸引了想要仿效其成效用於自己咖啡店的創業者。

文法解析

主要主詞→ambience

主要動詞→has allured

由名詞片語 The ambience of this restaurant 搭配 not only… but also（不只…而且），形成 has not only allured thousands of tourists, but also starters.，在 tourists 和 starters 後分別加上關係代名詞子句補充說明，形成 has not only... who are seeking... their own coffee shops. 完成此句。

字彙

❶ **allured** 吸引 ❷ **somewhat** 有點 ❸ **emulate** 仿效

KEY 97

Track 097

- **lack** 欠缺、不足、沒有[U][(+of)]、缺少的東西、需要的東西[C]
- **vitamin** 維生素、（以字母 A、B、C 等命名的某種）維他命[U]
- **body** （人、動物的）身體、肉體[C] / （除頭、肢、尾以外的）軀幹、主體[C] / （文章、書籍等的）正文、主要部分[(+of)]、大量、許多[C][(+of)] / （人、動物等的）屍體[C]
- **state** 狀況、狀態[C] / 情況、形勢[C] / 形態、心態、興奮狀態[C] / 國家、政府、國土[C][U] / 身分、地位[U]
- **symptom** 症狀、徵候[(+of)]、徵兆、表徵[(+of)] [C]
- **nutrient** 營養物、滋養物[C]

The lack of ❶**adequate** and ❷**required** vitamins has ❸**indicated** the fact that the body is in an ❹**imbalanced** state, and the symptoms will not ❺**persist** if the person has ❻**enough** nutrients from fruits and vegetables.

缺乏適當且必需的維他命，也意謂著身體正處於不平衡的狀態，而如果此人從水果和蔬菜中攝取足夠的營養成分，症狀就不會持續。

文法解析

主要主詞→lack

主要動詞→has indicated

對等連接詞(and)後句子主詞→symptoms

對等連接詞(and)後句子動詞→will not persist

由名詞片語 The lack of adequate and required vitamins 加上 has indicated the fact that⋯，後面加上 the lack of adequate and required vitamins 所產生的狀況，即 the body is in an imbalanced state 身體正

處於不平衡的狀態，其後加上對等連接詞 and，其後加上一句子（包含主要子句和 if 連接的副詞子句），形成 and the symptoms will not persist if the person has enough nutrients from fruits and vegetables.完成此句。

字彙

❶ **adequate** 足夠的
❷ **require** 必須的
❸ **indicate** 指出
❹ **imbalanced** 不平衡的
❺ **persist** 持續
❻ **enough** 足夠的
❼ **fruit** 水果
❽ **vegetable** 蔬菜

KEY 98

Track 098

- **degeneration** 衰退、墮落、【生】退化（作用）、【醫】變性
- **generation** 世代、一代 [C] / 同時代的人、一代人、一代事物
- **impact** 衝擊、影響[U]
- **economy** 節約、節省[C][U] / 經濟、經濟情況、經濟結構[U][C]
- **seriousness** 嚴肅性、認真、當真、嚴重性[U]

The degeneration of the next generation will have a ❶**tremendous** impact on the economy in the ❷**successive** years, and the seriousness of this impact has been debated for more than ten years.

下個世代的墮落將會對接續幾年經濟有巨大的影響，而這影響的嚴重性已經辯論了超過十年之久。

文法解析

主要主詞→degeneration　主要動詞→will have

對等連接詞(and)後句子主詞→seriousness

對等連接詞(and)後句子動詞→has

由名詞片語 The degeneration of the next generation 加上動詞 will have，搭配 impact on（對…會產生…影響），形成 will have a tremendous impact on the economy，後面加上 in the successive years 表示接著幾年，其後加上對等連接詞 and，最後加上 the seriousness of this impact has been debated for more than ten years.完成此句。

字彙

❶ **tremendous**　巨大的　❷ **successive**　接續的

KEY 99 Track 099

- **resemblance** 相似、相貌相似[U][(+between)] / 相似點、相似程度[C][(+to)] / 相似物、畫像、肖像[C]
- **problem** 問題、疑難問題、難弄的人、引起麻煩的人
- **orientation** 定位、定向、方針（或態度）的確定[U] / 方向、方位、傾向性[C] / 適應、熟悉、（對新生的）情況介紹[U][C]

The resemblance of the ❶twins is a ❷big problem for some ❸teachers during the ❹school orientation, but for them, it is kind of fun that ❺classmates and the teacher are having problems to ❻distinguish who is who.

在學校新生介紹期間，雙胞胎的相似程度對老師們來說是個極大的問題，但對雙胞胎自己來說，老師跟同學們分不清楚誰是誰的問題，還蠻有趣的（耐人尋味）。

文法解析

主詞→resemblance

主要動詞→is

對等連接詞(but)後句子主詞→it

對等連接詞(but)後句子動詞→is

由名詞片語 The resemblance of the twins 加上動詞 is，加上 a big problem，其後加上 for some teachers 表示對某些老師來說，再加上時間 during the school orientation，其後加上對等連接詞 but（表但是），其後加上 for them, it is kind of fun that classmates and the teacher are having problems to distinguish who is who.表示但對雙胞胎自己來說，

老師跟同學們分不清楚誰是誰的問題，還蠻有趣的（耐人尋味）。完成此句。

字彙

❶ **twin** 雙胞胎
❷ **big** 大的
❸ **teacher** 老師
❹ **school** 學校
❺ **classmate** 同學
❻ **distinguish** 區別

KEY 100 Track 100

- **intention** 意圖、意向、目的[C][U][(+of)][+to-v] / 【口】求婚意圖[(+towards)] 意思、含義[U]
- **romance** 中世紀騎士故事[C] / 傳奇小說、愛情小說、冒險故事[C] / 羅曼蒂克氣氛、浪漫情調[U] / 戀愛、風流韻事[C] / 浪漫曲[C]
- **enrollment** 登記、入會、入伍、登記人數
- **revelation** 揭示、暴露、顯示[U][C] / 被揭露的真相[C][+(that)]、出乎意料的事[(+to)] / 天啟、神示[C][U] / （大寫）《啟示錄》（《聖經•新約》的末卷）
- **infidelity** 不信神、無信仰、不貞
- **interruption** 中止、阻礙、障礙物、打擾、干擾、休止、間歇[U][C]
- **disbelief** 不信、懷疑
- **statement** 陳述、說明[C] /（正式的）聲明[C] /【律】供述[C]、表達方式、陳述方式[U] /（銀行等的）報告單、結單、報告書、借貸表[C]

The intention of having some romance with a handsome, rich, and tall businessman has led to Jane's enrollment of the on-line dating form, but during the shooting of the reality show, a surprising ❶**helicopter** ❷**incident** and the revelation of infidelity of the perfect ❸**Prince Charming** have not only caused an interruption of the show, but also resulted in the disbelief of the ❹**producer's** statements in front of the media.

想與高富帥的商人有些許的羅曼史的意圖，使得珍在線上約會表格上註冊了，但是在實境秀的拍攝期間，一場驚人的直升機事件以及揭露出完美的白馬王子婚姻不忠，不僅僅導致了整個秀的中斷也使得製作人在媒體面前的說法備受質疑。

文法解析

主要主詞→intention

主要動詞→has

對等連接詞(but)後句子主詞→incident 和 revelation

對等連接詞(but)後句子動詞→have caused… resulted

The intention of having some romance with a handsome, rich, and tall businessman 中 intention 當主詞加上 has led to Jane's enrollment of the on-line dating form 表示想與高富帥的商人有些許的羅曼史的意圖，使得珍在線上約會表格上註冊了，其後加上對等連接詞 but（表轉折），先加上 during the shooting of the reality，表示這段期間…，其後加上所發生的兩件事 a surprising helicopter incident and the revelation of infidelity of the perfect prince charming 當主詞，在搭配 not only... but also(不但…而且)形成 have not only caused an interruption of the show, but also resulted in the disbelief of the producer's statements in front of the media.，完成此句。

字彙

❶ **helicopter** 直升機

❷ **incident** 事件

❸ **Prince Charming** 白馬王子

❹ **producer** 製作人

Track 101

- **abdication** 放棄、退位、辭職
- **empire** 帝國[C] / 大企業[C] / 君權、皇權、絕對統治[U]

Choosing between a dreaming job offer and a stay-home mom is tough simply because the abdication of a multibillion empire job offer is silly, but who can really say which one is the best choice.

在夢想的工作機會和全職母親中作出選擇是困難的，只因為放棄數十億跨國大企業的工作機會是愚蠢的，但誰能真的說出哪個選擇是最棒的。

文法解析

主要主詞→choosing

主要動詞→is

對等連接詞(but)後句子主詞→who

對等連接詞(but)後句子動詞→say

由動名詞 choosing 當主詞加上 between a dreaming job offer and a stay-home mom 表示在這兩個東西內做出選擇，加上動詞 is，其後加上形容詞當補語，其後加上 because 引導的副詞子句，形成 because the abdication of a multibillion empire job offer is silly，其後加上對等連接詞 but（表但是），a big problem，其後加上 for some teachers 表示對某些老師來說，再加上時間 during the school orientation，其後加上對等連接詞 but（表但是），其後加上 who can really say which one is the best choice. 完成此句。

KEY 102 Track 102

- **value** 重要性、益處[U] / 價值、價格[C][U] / 等值、等價物[U] / 價值觀、價值基準
- **matrimony** 婚姻、夫婦關係、婚姻生活[U]
- **couture** 女裝設計
- **feast** 盛宴、筵席（感官等方面的）享受、賞心樂事[(+for)]、（宗教上的）祭日、節日
- **host** 主人、東道主、旅館老板（廣播、電視的）節目主持人、【生】寄主、宿主
- **feeling** 感覺、觸覺[U] / （…的）感覺、（…的）意識[C] / 看法、感想、預感[C][U] / 感情[C][U] / 同情、體諒[U][(+for)] / （對藝術等的）鑑賞力[(+for)]
- **relationship** 關係、關聯、人際關係[U][C][(+between/to/with)] / 親屬關係、姻親關係[U][(+to)]、風流韻事、戀愛關係[C]
- **life** 生命、生存[U]、生物、活的東西[U]、（個人的）性命[C] / 一生、壽命[C] / 生活（狀態）、生計[C][U] / 元氣、活力[U] / 無期徒刑[U] / 實物、真貨[U]

The value of the matrimony ❶**lies** ❷**not so much in** ❸**fancy** ❹**gifts**, such as a ❺**shining** ❻**diamond** ring, an expensive couture dress, a ❼**luxurious** feast, and an ❽**experienced** host, as in ❾**spontaneous** feelings for each other and the ❿**bonding** relationship for the rest of your life.

婚姻的價值不在於有多少豪華禮物，像是閃耀的鑽石指環貴重的女性服飾豪華晚宴以及有經驗的主持人，而是彼此自然的情感流露以及你此生的連結關係。

文法解析

主要主詞→value

主要動詞→lies

由名詞片語 The value of the matrimony 搭配 not so much… as（與其說是…不如說是），在於 fancy gifts 後加上表舉例的 such as，連接四個項目表示 the value of the matrimony 不是在於此四個項目，其後 as 後連接 in spontaneous feelings…表示而是在於 spontaneous feelings…，形成 lies not so much in fancy gifts, such as a shining diamond ring, an expensive couture dress, a luxurious feast, and an experienced host, as in spontaneous feelings for each other and the bonding relationship for the rest of your life.表示不在於有多少豪華禮物，像是閃耀的鑽石指環貴重的女性服飾豪華晚宴以及有經驗的主持人，而是彼此自然的情感流露以及你此生的連結關係，完成此句。

字彙

❶ **lie in** 在於
❷ **not so much… as** 與其說是…不如說是
❸ **fancy** 豪華的
❹ **gift** 禮物
❺ **shining** 閃耀的
❻ **diamond** 鑽石
❼ **luxurious** 豪華的
❽ **experienced** 有經驗的
❾ **spontaneous** 自發的
❿ **bonding** 人與人之間的連結

KEY 103　Track 103

- **need** 需要、必要、需求、要求[(+of/for)][+to-v]、必要之物、需求 / 貧窮、困窘、危急[U]
- **enhancement** 提高、增加[C][U]
- **product** 產品、產物、產量、出產、結果、成果、作品、創作
- **process** 過程、進程、步驟、程序、工序、製作法[C]
- **unsteadiness** 不穩定、搖擺、易變、不規則、（習慣、行為等）古怪、無常
- **taste** 味覺[U] / 味道、滋味、感受、體驗 / 愛好、興趣[C][U][(+for/in)] / 趣味、情趣、審美、風雅、得體[U]
- **gourmet** 美食家
- **consistency** （液體等的）濃度、黏稠、堅硬、堅硬度[U][C] / 一貫、一致、符合、協調[U]
- **flavor** 味、味道[C][U] / 韻味、風味 / 香料、調味料[U][C]

❶**Due to** the ❷**urgent** need of the enhancement of the product in the ❸**manufacturing** process and the unsteadiness of the taste of the product in the ❹**Research and Development**, the company is ❺**considering** hiring a gourmet to ❻**reach** the consistency of the flavor of the product.

由於在製造過程中的產品提升的迫切需求，以及在研發部門產品味道的不穩定，公司正考慮雇用美食專家，以達到產品風味的一致性。

文法解析

主要主詞→the company

主要動詞→is

由 due to（表示由於…）加上 the urgent need of the enhancement of the product in the manufacturing process and the unsteadiness of the taste of the product in the Research and Development 兩項目，表示是由於此兩個原因…所以，其後主要子句以 the company 展開，全句成為 the company is considering hiring a gourmet to reach the consistency of the flavor of the product.表示公司正考慮雇用美食專家，以達到產品風味的一致性。完成此例句。

字彙

❶ **due to** 由於
❷ **urgent** 迫切的
❸ **manufacture** 製作
❹ **Research and Development** 研發部門
❺ **consider** 考慮
❻ **reach** 達到

- **problem** 問題、疑難問題、難弄的人、引起麻煩的人
- **disaster** 災害、災難、不幸**[U][C]**
- **scientist** 科學家

The problems of ❶**natural** disasters ❷**generated** by ❸**typhoons**, ❹**cyclones**, and ❺earthquakes have been ❻**thoroughly** ❼**investigated** and ❽**meticulously** ❾**researched**, but scientists are still unable to ❿**predict** when it will happen and how long it will last.

由颱風、颶風和地震等天然災害所產生的問題，已徹底地調查以及小心翼翼地研究，但是科學家還是無法估算出，發生的時間跟持續的時間為多長。

文法解析

主要主詞→problems
主要動詞→have been… investigated… researched
對等連接詞(but)後句子主詞→scientists
對等連接詞(but)後句子動詞→are

名詞片語 The problems of natural disasters 其中 problems 為主詞，加上關係代名詞子句形容 disasters 其中省略了 which are，形成 the problems of natural disasters generated by typhoons, cyclones, and earthquakes，加上 have been thoroughly investigated and meticulously researched，其後加上對等連接詞 but（但是），加上 scientists are still unable to predict when it will happen and how long it will last.表示科學家還是無法估算出，發生的時後跟持續的時間為多長。完成此句。

字彙

❶ **natural disaster** 天然災害
❷ **generate** 產生
❸ **typhoon** 颱風
❹ **cyclone** 旋風
❺ **earthquake** 地震
❻ **thoroughly** 徹底地
❼ **investigate** 調查
❽ **meticulously** 小心翼翼地
❾ **research** 研究
❿ **predict** 預測

- **rainfall** 降雨、下雨、降雨量**[U][C]**
- **drought** 乾旱、旱災、長期乾旱、（長期的）缺乏、不足**[U][C]**
- **continent** 大陸、陸地、大洲**[C]**
- **flood** 洪水、水災；一大批、大量[(+of)]、漲潮、滿潮
- **menace** 威脅、恐嚇**[C][U]**[(+to)] / 威脅性的言行、具有危害性的人（或物）**[C]**
- **fauna** 動物群
- **flora** 植物群（尤指某一地區或某一時期的植物群）**[U][C]**

In some places, rainfall distributes so unevenly that in certain places, drought has plagued major crops, while in other continents the flood has become a main menace for most faunas and floras.

在有些地方，降雨量分佈不均勻以至於在特定地區主要作物飽受乾旱之苦，而在其他大陸，水災已成為許多動植物群的主要威脅。

文法解析

主要主詞→rainfall　主要動詞→distributes

對等連接詞(while)後句子主詞→the flood

對等連接詞(while)後句子動詞→has become

由 in some places 表示在某些地方，加上主詞 rainfall 搭配 so… that 表示如此…以致於，rainfall distributes so unevenly that in certain places, drought has plagued major crops，其後加上 while 表示而…，加上 in other continents the flood has become a main menace for most faunas and floras.完成此句。

KEY 106 Track 106

- **distribution** 分發、分配、配給物[U][C] / 分布、（生物的）分布區域[U] / 散布[U] / 銷售（量）[U] / 分類[U][(+into)]
- **wealth** 財富、財產、資源、富有[U] / 豐富、大量[(+of)]
- **voice** 聲音、嗓子[C][U] / 表達的意見、願望 / 發言權[U][(+in)]、代言人
- **change** （使）改變、更改、使變化[(+from... to...)][(+into)]、換、交換、互換[(+for)]、給（床）換床單、兌換（錢）[(+for/into)]
- **policy** 政策、方針、策略、手段[U][C]
- **stability** 穩定、穩定性、安定、堅定、恆心[U]
- **development** 生長、進化、發展、發達[C][U][(+from/into)] / 發展（或培育等）的結果、產物[C][(+from/of)] / 事態發展、新情況、新變化、新動向[C]
- **nation** 國民、國家、民族

The ❶**unbalanced** distribution of wealth has ❷**aroused** a voice of a change for certain policies from many ❸**citizens**, for they think it is highly ❹**relevant** to the stability of the ❺**society** and ❻**sustainable** development of the ❼**nation**.

財富分配不均導致了許多市民們為特定政策能有所改變而發聲，因為他們認為此與社會穩定和國家的永續發展有高度的關聯性。

文法解析

主要主詞→distribution

主要動詞→has aroused

對等連接詞(for)後句子主詞→they

對等連接詞(for)後句子動詞→think

名詞片語 The unbalanced distribution of wealth，由 in some places 表示在某些地方，加上主詞 rainfall 搭配 so... that 表示如此…以致於，rainfall distributes so unevenly that in certain places, drought has plagued major crops，其後加上 while 表示而…，加上 in other continents the floods has become a main menace for most faunas and floras.完成此句。

字彙

❶ **unbalanced** 不均勻分佈的
❷ **arouse** 引起
❸ **citizen** 居民
❹ **relevant** 相關的
❺ **society** 社會
❻ **sustainable** 永續利用的
❼ **nation** 國家

KEY 107 Track 107

- **commonplace** 司空見慣的事、老生常談、陳詞濫調
- **country** 國家、國土[C] / 祖國、故鄉[C]
- **fight** 戰鬥、搏鬥、打架[C] / 爭吵、爭論[C] / 戰鬥力、鬥志[U]
- **sanitation** 公共衛生、環境衛生、衛生設備、盥洗設備、下水道設施

It is commonplace for developed countries to have drinkable water, but for not so well-developed countries, living there is like a precarious fight for even the finding of drinkable water, and the sanitation for drinkable water is far more probable.

對已開發國家來說，有可飲用水是司空見慣的事，但是對於開發程度不怎麼完善的國家來說，生活在那裡，即使是為了找到飲用水都像是一場困戰，飲用水的衛生程度更是不可能的事。

文法解析

主要主詞→It　主要動詞→is

對等連接詞(but)後句子主詞→living（動名詞當主詞）

對等連接詞(but)後句子動詞→is

對等連接詞(and)後句子主詞→sanitation

對等連接詞(and)後句子動詞→is

由 it is…開頭，形成 It is commonplace for developed countries to have drinkable water，其後加上對等連接詞 but（但是），再加上是對哪些人而言…加上由 for 開頭的介詞片語，形成 for not so well-developed countries，再加上主要子句 living there is like...，句中由 living 動名詞當主詞其後加上單數動詞 is，for 後面加上 even 即使是對…，其後加上 the sanitation for drinkable water is far more probable.完成此例句。

- **fickleness** 浮躁、變化無常
- **schedule** 表、清單、目錄、計畫表、日程安排表、報表
- **composure** 平靜、鎮靜、沉著[U]
- **ability** 能力、能耐[+to-v] [U][C] / 才能、專門技能

Due to the fickleness of the manager and the tight schedule for every daily task, the composure to the ❶**capricious** manager and the ability of ❷**multi-tasking** are the key for employees who work there.

由於經理的變幻無常以及每日任務緊湊的時程，對在那裡工作的員工來說最關鍵的是能沉著的面對反覆無常的經理，和有多功能的能力。

文法解析

主要主詞→composure、ability

主要動詞→are

由 due to（由於⋯）加上 the fickleness of the manager and the tight schedule for every daily task 表示此兩個原因，其後加上主要子句，主要子句由兩個名詞片語加上主要動詞 are，形成 the composure to the capricious manager and the ability of multi-tasking，最後加上 the key for employees who work there.，其中 employees 由 who 引導的關係代名詞子句補充說明，是在那裡工作的員工，完成此例句。

❶ **capricious** 反覆無常的 ❷**multi-tasking** 多功能任務的

- **disparity** 不同、不等
- **confrontation** 對質、比較、對抗
- **tension** （精神上的）緊張[U] / 緊張局勢、緊張狀況[U]
- **animosity** 仇恨、敵意、憎惡[C][U][(+against/to/towards)]
- **turn** 轉動、旋轉、轉變、變化、轉折（點）、行為、舉止、性情、氣質、素質、才能、（語言等的）特色、措詞
- **approach** 接近、靠近、即將達到[U][(+of)] / 通道、入口[C][(+to)] / 方法、門徑、態度[C][(+to)] / 接近的表示、接洽[(+to)]

The disparity between the rich and the poor has led to ❶**endless** confrontation, ❷**increased** tension, and ❸**blazing** animosity, but things have an ❹**unexpected** turn, with the government ❺**adopting** an ❻**effective** approach.

貧富間的差距已經導致了無止盡的對立、逐漸增加的緊張、日益惡化的仇視，但是隨著政府採用的更有效的方式後，事情卻出現意外的轉機。

文法解析

主要主詞→disparity

主要動詞→has led

對等連接詞後句子主詞→have

對等連接詞後句子動詞→is

由 the disparity between the rich and the poor 加上 has led to，加上 endless confrontation, increased tension, and blazing animosity 三個結果由 and 連接，其後加上對等連接詞 but（但是），再加上 things have an unexpected turn，以及介詞片語 with the government adopting an effective approach 完成此句。

字彙

❶ **endless** 無盡的
❷ **increase** 增加的
❸ **blazing** 燃燒的
❹ **unexpected** 意外的
❺ **adopt** 採用
❻ **effective** 有效的

KEY 110 

- **gravity**【物】重力、引力、地心吸力、嚴重性、危險性、重大、嚴肅、莊嚴、認真、低沉
- **function** 官能、功能、作用職務[C]
- **ability** 能力、能耐[+to-v] [U][C] / 才能、專門技能
- **substance** 物質[C] / 實質、本質、實體、本體[U] / 本旨、主旨、要義、真義[U] / (質地的)堅實、牢固[U]
- **complication** 糾紛、混亂、複雜(化)[U][C] /【醫】併發症[C] / (新出現的)困難、障礙[C] / (戲劇、小說情節發展中出現的錯綜複雜的)糾葛
- **appointment** (尤指正式的)約會[C][(+with)][+to-v] / (會面的)約定[U] / 任命、委派[U][(+as/of)/ 職位、官職[C] / 注定、命定
- **transfusion** 傾注、灌輸、滲透、【醫】輸血、輸液

The gravity of the ❶**kidney** function has ❷**worsen** the ability to ❸**metabolize** all ❹**harmful** substances, and the complication is so ❺**profound** that the doctor suggests Vivien have an appointment with the nurse right after the blood transfusion.

腎功能的嚴重惡化已經影響到代謝所有有害物質的能力，而所產生的併發症是影響很深的，以致於醫生建議 Vivian 於輸血後立即與護士約定下個排程。

文法解析

主要主詞→gravity

主要動詞→has worsen

對等連接詞後句子主詞→complication

對等連接詞後句子動詞→is

由名詞片語 The gravity of the kidney function 加上動詞 has worsen，其後加上 the ability to metabolize all harmful substances，再由對等連接詞 and 連接，其後在以 so... that（如此…以致於）連接，形成 the complication is so profound that the doctor suggests Vivien have an appointment with the nurse right after the blood transfusion.表示而所產生的併發症是影響很深的，以致於醫生建議 Vivian 於輸血後立即與護士約定下個排程。完成此例句。

字彙

❶ **kidney** 腎
❷ **worsen** 惡化
❸ **metabolize** 代謝
❹ **harmful** 有害的
❺ **profound** 深遠的

KEY 111 Track 111

- **change** （使）改變、更改、使變化[(+from... to...)][(+into)]、換、交換、互換[(+for)]、給（床）換床單、兌換（錢）[(+for/into)]
- **schedule** 表、清單、目錄、計畫表、日程安排表、報表
- **departure** 離開、出發、起程[C][U][(+for)] / 背離、違背、變更[C][(+from)] / 偏移、偏差
- **destination** 目的地、終點、目標、目的
- **reliability** 可靠、可信賴性、可靠程度
- **agency** 代辦處、經銷處、代理機構[C] / 專業行政機構、局、署、處、社[C] / 動力、作用[(+of)] / 仲介、代理[(+of)]
- **ground** 立場、觀點[U] / 根據、理由[U][(+for)][+to-v] / （問題所涉及的）範圍、研究的領域[U] / 基礎、（繪畫等的）底子、底材、底色[C] / 地面
- **complaint** 抱怨、抗議、怨言、抱怨的緣由[C][U][(+about/over/against)] / 【律】控告、控訴[C][(+against/with)] / 疾病、身體不適[C]

Due to the ❶**sudden** change of schedule and ❷**unannounced** departure from the ❸**unscheduled** destination that will ❹**require** the ❺**additional** 300 US dollars for each person, the reliability of the travel agency is on a ❻**shaky** ground, and there have been complaints from most tourists.

由於突然的改變行程，且在未通知的情況下啟程前往未事先安排的行程，每人還要額外花費 300 美元，旅行社的信賴度已搖搖欲墜，而大多數的旅客也一直抱怨。

文法解析

主要主詞→reliability

主要動詞→is

對等連接詞後句子主詞→complaints

對等連接詞後句子動詞→have been

由 due to（由於）展開加上名詞片語 the sudden change of schedule and unannounced departure from the unscheduled destination 其後加上 that 引導的子句，形成 that will require the additional 300 US dollars for each person。 再加上名詞片語 the reliability of the travel agency 加上動詞 is，再加上 on a shaky ground（在…搖搖欲墜的立場上），其後加上對等連接詞 and，加上 there have been complaints from most tourists.完成此例句。

字彙

❶ **sudden** 突然的

❷ **unannounced** 未通知的

❸ **unscheduled** 不在預訂行程內的

❹ **require** 需要

❺ **additional** 額外的 增加的

❻ **shaky** 搖搖欲墜的

KEY 112

Track 112

- **adjustment** 調節、調整、校正[U][C][(+in/of)] / 調節裝置[C] / 調解[U] / （保險索賠等的）金額理算
- **smell** 氣味、香味、臭味[U][C] / 嗅覺[U] / 嗅、聞 / 少許 / 跡象、影蹤[U]
- **aroma** （植物、酒、菜肴等的）芳香、香氣、香味[C][U] / 氣味[C][U] / 風味、韻味[U]
- **change** （使）改變、更改、使變化[(+from... to...)][(+into)]、換、交換、互換[(+for)]、給（床）換床單、兌換（錢）[(+for/into)]
- **look** 看、瞥[(+at)]、臉色、眼神、表情、外表、樣子、面容、美貌

After the ❶**gradual** adjustment for the ❷**pace** of work and the smell of smoking, Rita ❸**is** now **accustomed to** the smoking aroma she ❹**used to** feel ❺**repugnant** about. The sudden change has led to the ❻**questioning** look from Crystal, her ❼**colleague** as if Rita's nose were ❽**malfunctioning**, but others would ❾**prefer** to ❿**comment** that her nose is just ⓫**temporarily** taking a short break.

在逐漸調適工作進度以及菸味，Rita 現在已經適應了她原先感到厭惡的煙味。突如其來的改變，也使得同事 Crystal 有了疑問的面容，彷彿瑞塔的鼻子故障了，但是其他人情願把此事看成是她的鼻子只是暫做休息。

文法解析

主要子句主詞→Rita

主要子句動詞→is

第二句主詞→change

第二句動詞→has led

對等連接詞後句子主詞→others

對等連接詞後句子動詞→would prefer

由 after（之後…）引導的副詞子句，形成 After the gradual adjustment for the pace of work and the smell of smoking，其後加上主要子句，Rita is now accustomed to the smoking aroma she used to feel repugnant about.（其中省略 that）。

另一個句子由 the sudden change 展開，has led to the questioning look from Crystal, her colleague，其中 her colleague 為同位語，加上 as if Rita's nose were malfunctioning，其後加上對等連接詞 but，再加上 others would prefer to comment that her nose is just temporarily taking a short break.完成此例句。

字彙

❶ **gradual** 逐漸的
❷ **pace** 步調
❸ **be accustomed to** 習慣於
❹ **used to** 過去習慣是
❺ **repugnant** 厭惡的
❻ **questioning** 質問
❼ **colleague** 同事
❽ **malfunction** 故障
❾ **prefer** 偏好 寧願
❿ **comment** 評論
⓫ **temporarily** 暫時地

KEY 113

 Track 113

- **study** 學習、研究、調查[U]研究論文、專題論文[C]
- **handedness** 用右手或左手之習慣
- **character**（小說、戲劇等的）人物、角色[C]
- **capability** 能力、才能[C][U][(+for/of)][+to-v]

The study of the handedness has long been known, and it can also be found in one of the Jing Yong's ❶**famous** ❷**martial art fictions** that some characters have the capability of using both hands to ❸**strike** the ❹**ruffians**.

對於慣用左手或右手的研究已早為人所知，而此能於金庸著名的武俠小說中看出端倪。有些角色能夠同時使用雙手來攻擊惡棍。

文法解析

主要主詞→study　主要動詞→has long been known

對等連接詞後句子主詞→it　對等連接詞後句子動詞→can be found

由名詞片語 The study of the handedness 加上 has long been known，其後加上對等連接詞 and 連接，其後加上 one of the...（表示⋯其中之一），形成 it can also be found in... strike the ruffians.表示而此能於金庸著名的武俠小說中看出端倪。有些角色能夠同時使用雙手來攻擊惡棍，完成此例句。

字彙

❶ **famous**　著名的

❷ **martial art fiction**　武俠小說

❸ **strike**　攻擊

❹ **ruffian**　惡棍

KEY 114  Track 114

- **delivery** 投遞、傳送[U][C] / 交付、交貨[U][C] / 轉讓、引渡[U][C] / 分娩[C]
- **food package** 食物包裹
- **blizzard** 大風雪、暴風雪[C] / 暴風雪似的一陣、大量（或大批）[(+of)]
- **urgency** 緊急、迫切、催促、堅持、急事
- **destination** 目的地、終點、目標、目的
- **concern** 關心的事、重要的事[C] / 關係、利害關係[C][U][(+with/in)] / 擔心、掛念、關懷[U][C][(+about/for)] / 公司、企業[C]
- **resident** 居民

The delivery of the food package ❶**were supposed to** be ❷**mailed** before Friday 10 A.M. since there is going to be a blizzard on Friday afternoon, and the urgency of ❸**shipping** it to the destination has ❹**aroused** a ❺**wide-spread** concern for ❻**local** residents.

食物包裹的遞送原先應該於星期五早上十點前送達，因為星期五下午將會有場大雪，而運送到目的地的迫切性已喚起當地居民的廣大關注。

文法解析

主要主詞→delivery

主要動詞→were supposed

對等連接詞後句子主詞→urgency

對等連接詞後句子動詞→has aroused

由名詞片語 the delivery of the food package 加上 were supposed to be mailed，加上時間點 before Friday 10 A.M.，其後加上 since 引導

的副詞子句，since there is going to be a blizzard 加上時間點 on Friday afternoon，其後加上對等連接詞 and 連接 the urgency of shipping it to the destination has aroused a widespread concern for local residents.表示運送到目的地的迫切性已喚起當地居民的廣大關注，完成此例句。

字彙

❶ **be supposed to** 原本應該要
❷ **mail** 寄送
❸ **shipping** 運送
❹ **arouse** 引起
❺ **widespread** 廣泛的
❻ **local** 當地的

KEY 115  Track 115

- **decline** 下降、減少 / 衰退、衰落、最後部分、晚年、傾斜
- **function** 官能、功能、作用職務[C]
- **increase** 增加
- **expenditure** 消費、支出、用光[U][(+on)]、支出額、經費[U][C]
- **income** 收入、收益、所得[C][U]
- **problem** 問題、疑難問題、難弄的人、引起麻煩的人

❶**Excessive** ❷**alcohol** drinking has not only led to a decline in Ken's liver function, but also an increase in the expenditure of weekly income, and the problem will not be fixed until the habitual thing is out of his life.

過量的飲酒不只導致了 Ken 的肝功能衰退，也增加了每週收入中的支出項目，而除非此習慣已遠離他的生活，問題將無法解決。

文法解析

主要主詞→drinking　主要動詞→has led
對等連接詞後句子主詞→problem
對等連接詞後句子動詞→will not be fixed

Excessive alcohol drinking 搭配 not only… but also（不但…而且），形成 Excessive alcohol drinking has not only... of weekly income，其後加上對等連接詞 and，連接 the problem will not be fixed until the habitual thing is out of his life.完成此例句。

字彙

❶ **excessive**　過度的　❷ **alcohol**　酒精

KEY 116  Track 116

- **appearance** 出現、顯露[C] / 露面、來到、演出[C] / 出版[C] / 外貌、外觀、外表[U][C] / 景象、現象[C]
- **downtown** 城市商業區、鬧區[C]
- **likelihood** 可能、可能性[U][(+of)][+(that)]
- **shortage** 缺少、不足、匱乏[U][C] / 不足額（或量）[C]
- **supply** 供給、供應[U] / 供應量、供應品、庫存（貨）[C] / 生活用品、補給品、軍糧 / （議會所通過的）支出 / （個人的）生活費
- **preference** 更加的喜愛、偏愛[U][C][(+for)] / 偏愛的事物（或人）[C] / 偏袒[U][(+for)] / 優先（權）、優惠權[U][C]

The appearance of ❶**brown bears** in the downtown ❷**rubbish** ❸**bin** trying to find food might ❹**indicate** the likelihood that there is either a shortage of food supply from the ❺**river bank** or the ❻**newly-developed** preference for the downtown city food, but neither ❼**theory** was ❽**accepted** by the ❾**wildlife** ❿**biologists**.

棕熊出現在市中心，試圖在垃圾桶裡找尋食物，可能顯示出在河岸邊食物補給的短缺，亦或是牠們對於市中心食物所產生的新偏好，但野生動物學家們均不採信兩種説法。

文法解析

主要主詞→appearance
主要動詞→might indicate
對等連接詞後句子主詞→neither theory
對等連接詞後句子動詞→was accepted

The appearance of brown bears in the downtown rubbish bin trying to find 其中省略 which is，其後加上 food might indicate the likelihood that，that 引導另一子句，there is either a shortage of food supply from the river bank or the newly-developed preference for the downtown city food，其中 either... or（兩者中…的其中一個）連接兩個名詞片語 a shortage of food supply from the river bank 加上 the newly-developed preference for the downtown city food，其後以對等連接詞 but 連接，最後加上 but neither theory was accepted by the wildlife biologists.完成此例句。

❶ **brown bear** 棕熊
❷ **rubbish** 垃圾
❸ **bin** 桶
❹ **indicate** 顯示
❺ **river bank** 河岸
❻ **newly-developed** 近期開發的
❼ **theory** 理論 說法
❽ **accept** 接受
❾ **wildlife** 野生生物的
❿ **biologist** 生物學家

KEY 117

 Track 117

- **indulgence** 沉溺、放縱[U][(+in)]、縱容、寬容、遷就[U] / 嗜好、愛好[C] / 恩惠、特權
- **reason** 理由、原因、動機[C][U][(+for)][+(that)][+why][+to-v] / 理性、理智、判斷力、推理[U] / 道理、情理、明智[U] / 正常心智、正常神志[U]
- **problem** 問題、疑難問題、難弄的人、引起麻煩的人
- **peers** （地位、能力等）同等的人、同輩、同事、（英國的）貴族、（英國的）上院議員
- **acclamation** 歡呼、喝采[U][C] / 鼓掌歡呼表示通過、口頭通過[U]
- **world** 世界、地球、宇宙 / （有生物存在的）天體[C] / （指一群生物）世界 / 人世生活、世情、世故 / 世間、物質生活

The indulgence of playing ❶**on-line** games is the main reason why John has the problem of ❷**socializing** with his peers, and the acclamation he gets from the ❸**virtual**, ❹**imaginary** on-line world has ❺**alienated** him from ❻**contacting** the real world.

沉溺於線上遊戲是約翰無法與同儕社交的主因，而他於虛擬、想像世界中得到的讚賞，更使得他疏離了與現實世界的接觸。

文法解析

主要主詞→indulgence

主要動詞→is

對等連接詞後句子主詞→acclamation

對等連接詞後句子動詞→has alienated

名詞片語 The indulgence of playing on-line games 加上動詞 is，其後加上 the main reason why John has the problem of socializing with his peers，表示沉溺於線上遊戲是約翰無法與同儕社交的主因，其後加上對等連接詞 and 連接另一句，形成 the acclamation he gets from the virtual, imaginary on-line world has alienated him from contacting the real world.，其中動詞為 has alienated 完成此例句。

字彙

❶ **on-line game** 線上遊戲
❷ **socializing** 社交的
❸ **virtual** 虛擬的
❹ **imaginary** 想像的
❺ **alienate** 疏離
❻ **contact** 接觸

KEY 118 Track 118

- **differentiation** 區別、變異、微分
- **advantage** 有利條件、優點、優勢[C][U][(+over)] / 利益、好處[C][U] / （網球賽中的）優勢分[U]

The product differentiation is related to whether the company will succeed or not, and its ❶**competitive** advantage will assist the company to ❷**differentiate** itself from other companies.

產品差異化與公司是否能成功有關，而此競爭優勢將使公司與其他公司做出區隔。

文法解析

主要主詞→differentiation

主要動詞→is

對等連接詞後句子主詞→advantage

對等連接詞後句子動詞→will assist

由 The product differentiation 當主詞搭配 is related to（與…有關），其後加上 whether（表是否…）連接形成 The product differentiation is related to whether the company will succeed or not，其後加上對等連接詞 and 及另一句 its competitive advantage will... from other companies. 表示而此競爭優勢將使公司與其他公司做出區隔。完成此例句。

字彙

❶ **competitive** 競爭的

❷ **differentiate** 使有差異；構成…間的差別、區別

KEY 119　Track 119

- **behavior** 行為、舉止、態度、（機器等的）運轉狀態、性能、（事物的）反應、變化、作用
- **tendency** 傾向、癖性、天分[(+to/toward)][+to-v]、趨勢、潮流[(+to/toward)][+to-v]、傾向、意向
- **consumption** 消耗、用盡、消耗量、消費量 / 消費、憔悴、肺癆、癆病
- **seduction** 教唆、誘惑、魅力、吸引
- **pattern** 花樣、圖案、形態、樣式、格局、樣品、樣本、模範、榜樣、典型、模式

The behavior of buying a cup of ❶**coffee** ❷**almost** every meal has ❸**intrigued** most behavior ❹**psychologists** because they want to find out whether the tendency of drinking the ❺**overpriced** coffee is ❻**related** to the consumption of ❼**beverages** or the seduction of the coffee, but the behavior pattern of drinking coffee really varies from person to person.

幾乎每餐都購買一杯咖啡的行為已吸引多數行為心理學家的好奇，因為他們想要知道傾向飲用索價過高的咖啡是否與飲品消費或咖啡的魅力有關，但是飲用咖啡的行為模式的確因人而異。

文法解析

主要子句主詞→behavior

主要子句動詞→has

副詞子句主詞→they

副詞子句動詞→want

對等連接詞後句子主詞→pattern
對等連接詞後句子動詞→varies

由主要子句 The behavior of buying a cup of coffee almost every meal has intrigued most behavior psychologists，其後加上由 because 引導的副詞子句 because they want to find out whether the tendency of drinking the overpriced coffee is related to the consumption of beverages or the seduction of the coffee，其中又以 whether（表是否⋯）連接，而對等連接詞後又以另一句 the behavior pattern of drinking coffee really varies from person to person.完成此例句。

字彙

❶ **coffee** 咖啡
❷ **almost** 幾乎
❸ **intrigue** 引起興趣
❹ **psychologist** 心理學家
❺ **overpriced** 過貴的
❻ **related** 相關的
❼ **beverage** 飲料

KEY 120 Track 120

- **feeling** 感覺、觸覺[U] / （…的）感覺、（…的）意識[C] / 看法、感想、預感[C][U] / 感情[C][U] / 同情、體諒[U][(+for)] / （對藝術等的）鑑賞力[(+for)]
- **laughter** 笑、笑聲[U]
- **happiness** 幸福、快樂、愉快幸運、恰當、巧妙[U]
- **joyfulness** 高興、快樂[U]
- **ecstasy** 狂喜、出神、入迷[(+of/over)]、（宗教的）入迷狀態、合成迷幻藥[U][C]
- **emotions** 感情、情感[C] / 激動[U]
- **loneliness** 孤獨、寂寞、人跡罕至[U]
- **anger** 怒、生氣[U]
- **solitude** 孤獨、寂寞、隱居[U] / 冷僻（處）、荒涼（之地）[C][U]
- **consequence** 結果、後果[C] / [(+of)重大、重要（性）[U][(+to)] / 自大、神氣活現[U] / 邏輯上的必然結果、推論
- **behavior** 行為、舉止、態度、（機器等的）運轉狀態、性能、（事物的）反應、變化、作用[U]

❶**In contrast to** the ❷**positive** feelings, such as laughter, happiness, joyfulness, and ecstasy, ❸**negative** emotions, such as loneliness, anger, and solitude have a bad consequence on the behavior of every person.

與正向感覺例如笑、快樂、高興和狂喜不同的是，負面情感像是寂寞、生氣和孤獨，則對於每個人的行為有不好的影響。

文法解析

主要主詞→emotions

主要動詞→have

介詞片語

由 In contrast to 加上名詞片語 the positive feelings 表示與正向感覺相對的是…，其後加上表舉例的 such as 以及列舉得項目，形成 In contrast to the positive feelings, such as laughter, happiness, joyfulness, and ecstasy。

主要子句：

主要子句由 negative emotions 為主詞展開，其後加上表舉例的 such as 以及列舉得項目，形成 negative emotions, such as loneliness, anger, and solitude，其後搭配 have a bad consequence on...（對…有不好的影響），其中主要動詞為 have 故成為 negative emotions, such as loneliness, anger, and solitude have a bad consequence on the behavior of every person.完成此例句。

字彙

❶ **in contrast to** 與…相對之下

❷ **positive** 積極正面的

❸ **negative** 負面的

Lesson 4

篇章回顧

由前三章所介紹的文法和例句中，包含了許多文法概念，在加上許多句子都為較長、較濃縮的句子，索以其中更涵蓋了許多文法重點，而篇章回顧中以其它的文法概念為標題輔以例句，並於例句中講解。

而所介紹的文法概念包括了，連接詞的使用、同位語的使用、代名詞和關係代名詞，許多都是很簡易的文法概念，國中文法都介紹過，但於 IBT、IELTS、GMAT 等學術考試中卻極為常見，例如 IBT 閱讀中考的代名詞觀念，此代名詞是指代文章中的哪個名詞。

Let's talk in English !

篇章回顧

連接詞的使用

在各式句型中，脫離不了連接詞的使用。連接詞包含對等連接詞和從屬連接詞。對等連接詞連接對等的單字、片語、子句，而從屬連接詞具表不同功能的含意的引導從屬子句，用以修飾主要子句。

<table>
<tr><th colspan="2">對等連接詞</th></tr>
<tr><td>and（而且）</td><td rowspan="3">（1）連接兩單字
⇨proficient and relentless（and 連接兩個形容詞）
⇨charming or unattractive（or 連接兩個形容詞）
⇨successful but malicious（but 連接兩個形容詞）
（2）連接兩片語
⇨the disappearance of dinosaurs and the emergence of herbivores (and 連接兩個名詞片語。）</td></tr>
<tr><td>or（或是）</td></tr>
<tr><td>but（但是）</td></tr>
<tr><td>yet（然而、卻）</td><td rowspan="3">（3）連接兩句子
⇨Jason eventually has a blind date with a campus quarterback teammate, but the encounter with his soon-to-be ex-wife Susan and her date in the Disney land has led to an awkward double date.</td></tr>
<tr><td>so（所以）</td></tr>
<tr><td>for（因為）</td></tr>
<tr><td colspan="2">• and、or、but 連接單詞、片語、句子。
• so、for、yet 可連接句子。</td></tr>
</table>

從屬連接詞（表時間）	
1	when　當…
2	while　當…時 / as　當…時
3	before　在…之前 / after　在…之後
4	by the time　到了…之時 / as soon as　一…就
5	once　一旦
6	since　自從

從屬連接詞（表讓步）	
1	although　雖然
2	though　雖然
3	even if / even though　即使
4	while　雖然
5	whether… or not　是否 / if　是否

從屬連接詞（表原因）	
1	because　因為
2	as　因為
3	now that　既然
4	in that　因為
5	since　因為

從屬連接詞（表條件）	
1	if 如果
2	as long as 只要
3	unless 除非
4	in case / in the event (that) 在…狀況下
5	provided / providing 假如
6	supposing / supposed 如果

從屬連接詞（表其他）	
1	so+形容詞或副詞+that 如此…以致於
2	such +限定詞+形容詞+名詞+that 如此…以致於
3	given / considering that 考慮到
4	in order that / so that 這樣一來

對等連接詞 & 從屬連接詞

Lesson 1 例句中使用了對等連接詞和從屬連接詞的例句如下

KEY 1 based on

Based on the loose adaptation of the famous fairy tales, such as Snow White **and** Cinderella, this novel has not only reached socially wider buyers, but also set the best-selling record on Amazon.Com.

★其中 and 連接 Snow White 和 Cinderella。

KEY 2 commonly found

Commonly found in the eastern part of Africa, guinea fowl, one of the fastest running birds in Africa, is **such** a remarkable creature **that** it can run as fast as 20 feet per second.

★句中用到了 such… that（如此…以致於）。

KEY 3 extremely disappointed

Extremely disappointed by Lenox's performance both in the photo shoot challenge **and** on-stage photo acting shoot, Tyra Banks, the hostess of America's Next Top Model, eventually disqualified her, which made Kelly **and** the audiences astounded.

★句中對等連接詞 and 連接 photo shoot challenge 和 on-stage photo acting shoot，而第 2 個 and 連接 Kelly 和 the audiences。

KEY 7 accidentally introduced

Accidentally introduced from other nations by passengers, some plant seeds can breed **so** fast in local surroundings **that** indigenous species can be threatened by them.

★句中用到了 so… that（如此…以致於）。

KEY 8 composed of

Composed of fancy gift bags, an irresistible ice cream van, playful clowns, well-trained monkeys, somewhat old-fashioned bouncy houses, **and** a large swimming pool, Judy's grand birthday party is on **such** a grand scale **that** it has not only received attention from all the neighborhood kids who wish that they had an invitation, but also has become a heated topic among parents and school teachers.

★第一個 and 連接 fancy gift bags、an irresistible ice cream van、playful clowns、well-trained monkeys、somewhat old-fashioned bouncing houses 和 a large swimming pool，句中還用到了 such…that（如此…以致於）。

KEY 9　failing to

Failing to convince his voters that rising house prices **and** low incomes were the trigger of the economy downturn in 2009 election, this experienced candidate eventually got beaten by a young **and** uprising adversary.

★句中對等連接詞 and 連接 cunning predators 和 shrew preys。

KEY 10　camouflaged into

Camouflaged into different shapes **or** colors as a deception, some animals have evolved into cunning predators **and** shrew preys to ensure that they will survive under the law of the survival of the fittest.

★句中對等連接詞 or 連接 shapes 及 colors，另外還以 and 連接 cunning predators 和 shrew preys。

KEY 11　fascinated by

Fascinated by the storyline of *Gone with the Wind*, one of the longest **and** the most remarkable novels, some fans even pay a visit to Atlantic City, the central scene of the entire novel, **so that** they can be truly satisfied.

★句中對等連接詞 and 連接 the longest 和 the most remarkable，其後用到了從屬連接詞 so that（表示如此一來）。

KEY 12 totally satisfied

Totally satisfied with students' perseverance to learn and their test results in both mid-terms **and** finals, professors have decided that they want to celebrate with those students by having a fancy dinner party at a five star restaurant.

★句中對等連接詞 and 連接 mid-terms 和 finals。

KEY 16 impressed by

Impressed by the earnings growth of the second sales division, CEO **and** the board committee have decided that employees of the second sales division will be having a free vacation trip to the Bahamas with their family members **and** take a short break.

★句中第一個對等連接詞 and 連接 CEO 和 the board committee。第 2 個 and 則連接 be having a free vacation trip…和 take a short break。

KEY 17 delighted by

Delighted by the result of the second round speech contest, Cindy seems to be so **overwhelmed that** she has invited a bunch of strangers over **and** has **such a** wild night **that** the police even stop by to see **if** there is any drug trafficking involved.

★句中用到了從屬連接詞 so… that（表如此…以致於），而 and 連接兩子句，其後又使用了 such… that 以及 if。

KEY 18 miraculously surviving

Miraculously surviving the air crash remains in the late 1990s, Jessica was said to be the only survivor, **and** the sole witness in this accident, **but** a later report from the other channel contradicted the theory.

★句中 and 連接兩子句其後又加上 but。

KEY 19 commonly dependent

Commonly dependent on other countries to outsource foods, such as meat, vegetables, **and** fruits, and raw materials, such as flour, palm oil, wood, and iron, this country is still on very shaky ground and underdeveloped, **but** a surprising discover for petroleum, heavy metal, **and** white silver in the desolate desert has led to a drastic change to the whole situation.

★第一個 and 連接 meat、vegetable、fruits 和 raw materials，第二個 and 連接 flour、palm oil、wood 和 iron，其後 but 連接兩個子句，而第二個 and 連接 petroleum、heavy metal 和 white silver。

KEY 20 originally used

Originally used as a novel tool for entertainment purposes, age progression software is now overused by the media as a way to boost TV rating **and** ad revenues.

★句中對等連接詞 and 連接 TV rating 和 revenues 兩形容詞。

KEY 21 preferring to

Preferring to be in a small pond, rather than in an estuary or a large lake, Jane is reluctant to move forward **and** simply lives within her comfort zone **even though** she is capable of so much more.

★句中對等連接詞 and 連接兩子句且還用到了表讓步的從屬連接詞即使 even though。

KEY 22 confused with

Confused with his sexuality of **whether** he is bisexual, Jason eventually has a blind date with a campus quarterback teammate, **but** the encounter with his soon-to-be ex-wife Susan and her date in Disneyland has led to an awkward double date.

★句中用到了表是否的 whether，而其後 but 連接兩子句，第一個 and 連接 his soon-to-be ex-wife 和 her date。

KEY 23 initially serving

Initially serving as the breeding ground for most tree frogs due to its muddy **and** marshy habitat, this place is now laden with a variety of snakes trying to find their snacks.

★句中對等連接詞 and 連接 muddy 和 marshy 兩形容詞。

KEY 24 dedicated to

Dedicated to fulfilling the obligation for the army **when** he was a kid, John's patriotism is noble, worth-noting, and gallant, **but** his action has nothing to do with the once popular novel.

★句中用到了從屬連接詞表時間的 when，而 and 連接 noble patriotism、incredible strength 和 positive mindset，而 but 連接兩子句。

KEY 25 found exclusively

Found exclusively in Si Chuan, mainland China, giant pandas have not only captivated millions of foreign tourists, scholars, **and** biologists who want to study and take photos with them, but also allured the attention of more than ten country leaders, who want to introduce giant pandas to their own zoos.

★句中 and 連接 foreign tourists、scholars 和 biologists 三個名詞。

KEY 26 eradicated by

Eradicated by the turbulent fire **and** soaked in chemical lotions, such as cooper, zinc, and related chemical substances, roots of plants are **so** significantly damaged **that** they are unable to regenerate for the upcoming season.

★句中用到了從屬連接詞 so… that 表示如此…以致於，而第一個 and 連接兩句子。

KEY 27 immediately copied

Immediately copied by most Middle East countries **after** its launch in the New York Fashion Show, managers of this fashion design firm have decided that they will take a legal action against those imitators, **but** the counterfeiting problems still remain as an unsolved issue.

★句中用到了表時間的從屬連接詞 after，而其後 but 連接兩句子。

KEY 28 written by

Written by best-selling authors, such as J. K. Rowling, Jack London, and Margaret Mitchell, these books certainly have a longer shelf life, **and** it is both a guarantee for dealers **and** most fans of theirs.

★句中對等連接詞 and 連接兩句子，第二個 and 連接 book dealers 和 most fans of theirs。

KEY 29 ultimately earning

Ultimately earning more than fifty million US dollars in his tenth movie for his company, Mark has proven the fact that many people were wrong, including movie fans and major movie tycoons who looked down upon him, **but** an accidental drug trafficking **and** illegal drug use in the fancy mansion with his best friends caught by the police right on the spot have ruined all his hard work for the past two decades.

★句中第一個 and 連接 movie fans 和 major movie tycoons，而 but 連接兩句子，第二個 and 連接 an accidental drug trafficking 和 illegal drug use。

KEY 30 deluding

<u>Deluding</u> many female users with his handsome look, sweet words, considerate greetings, **and** bogus title of his work, the guy in the social networking site has confirmed to the police that he uses fake photos **and** most of the transferred money from those women has been used up, **and** he would rather be in prison for free three meals **because** he has no money left.

★句中第一個 and 連接 his handsome look、sweet words、considerate greeting 和 bogus title of his work，而第一個 and 第二個 and 和第三個 and 連接兩句子，而其後 because 為表原因的從屬連接詞。

KEY 31 qualified for

<u>Qualified for</u> the desired position, Susan was asked to participate in the scheduled interview by the HR personnel in Taipei 101, the landmark of Taipei **and** the ultimate interview by an HR executive in a boat-like seven star hotel, the only seven star hotel in the world in the metropolis Dubai.

★句中以 and 連接 the scheduled interview by the HR personnel in Taipei 101, the landmark of Taipei 和 the ultimate interview by an HR executive in a boat-like seven star hotel, the only seven star hotel in the world in the metropolis Dubai。

KEY 32 completely overwhelmed

Completely overwhelmed by the whole break-up, Jennifer has a feeling that her life has been officially destroyed, **and** this has led to an extreme act for spreading rumors to her boyfriend in July **and** splashing acid on him in the office main gate.

★句中第一個 and 連接兩子句，第二個 and 連接 spreading rumors to his boyfriend in July 和 splashing acid liquor to him in the office main gate。

KEY 33 frightened by

Frightened by the intruder's breaking in at 2 A.M., Jennifer panicked **and** dialed 911 instead of 119, totally forgetting the fact that she has been relocated from California to Taiwan.

★句中以 and 連接了 panicked 及 dialed 管兩個動詞。

KEY 34 excited about

Excited about the upcoming trip of taking a water bus in one of the greatest cities in the world in Amsterdam, Jimmy is **so** thrilled about taking a totally novel vehicle **that** he couldn't sleep until the midnight, **and** this is the experience that he believes cannot be rivaled by any other means of transportation.

★句中用到了從屬連接詞 so⋯ that 表示如此⋯以致於，而 and 連接兩句子。

KEY 35 accustomed to

Accustomed to the teaching approach that is widely adopted in his own country, Mark finds it so hard to adjust even after consulting with professors in office hours; thus, his studies abroad have turned out to be a complete fiasco even with all the high university GPA and glowing recommendation letters.

★句中 and 連接 all the high university GPA 和 glowing recommendation letters。

KEY 36　forced to

Forced to retire due to his deteriorated lung tumor **and** declined renal function, John has to say goodbye to his six-figure salary, access to the company jet, quarterly dividends, **and** a year-end bonus which he has worked so hard for, **but** years of never-ending work and emergency have aggravated his health conditions and worsened proper functions of his vital organs.

★其中第一個 and 連接 his deteriorated lung tumor 和 declined renal function，第二個 and 連接 his six-figures salary 和 access to the company jet 和 quarterly dividends 和 a year-end bonus，而 but 連接兩子句，第二個 and 連接 never-ending work 和 emergency，第三個 and 連接 have aggravated his health conditions 和 worsened proper functions of his vital organs。

KEY 37　equipped with+ native to

Equipped with potent venom as a powerful weapon **and** native to the North **and** South America, rattlesnakes are considered by most doctors as one of the most fatal snakes in the world, **and** are marked by their tails for producing buzzing sounds.

★其中第一個 and 連接 equipped with 和 native to 兩分詞構句，第二個 and 連接 the north 和 south 兩名詞，第三個 and 連接兩句子。

KEY 38　initially designed

Initially designed to be the spotlight of the city **and** the attraction for tourists, the so-called landmark of the city is unable to keep customers lingering, **and** the clumsy execution of the board committee has only added cruelty to misfortune.

★其中第一個 and 連接 the spotlight of the city 和 the site of the attraction 兩名詞片語，而第一個 and 連接兩句子。

KEY 39　dissatisfied with

Dissatisfied with all wedding concepts **and** make-up artists, Lisa regrets for having made such a quick decision to sign with the agency, **but** the problem seems more complicated than she thought it was.

★其中 and 連接 wedding concepts 和 make-up artists 兩片語，而 but 連接兩句子。

KEY 40　completed on+ located in

Completed on Dec 31 2004 **and** located in one of the major cities in Taiwan, Taipei 101 is a remarkable skyscraper that is one of the highest buildings in the world.

★其中 and 連接 completed on 和 located in 兩分詞構句。

同位語的使用

同位語的使用同位語在寫作中極為常見，其實像在雅思考試中同位語常常在學者名稱後出現，在做配對題(matching)時其實通常同位語可以直接略去不看，省去許多時間。同位語其實在補充說明前面的名詞片語，其中以逗號隔開。其中又分了主詞前和主詞後的同位語等。

於本章節中其實同位語穿插在句子中各個角落。包含分詞構句中名詞後解釋名詞(key2/key11)，在主要子句主詞後補充說明主詞(key3)，主要子句中名詞(key11/key31)。

同位語

Lesson 1　例句中使用了同位語的例句如下

KEY 2　commonly found

Commonly found in the eastern part of Africa, **guinea fowl**, **one of the fastest running birds in Africa**, is such a remarkable creature that it can run as fast as 20 feet per second.

★其中 guinea fowl 和 one of the fastest running birds in Africa 為同位語。

KEY 3　extremely disappointed

Extremely disappointed by Lenox's performance both in the photo shoot challenge and on-stage photo acting shoot, **Tyra Banks**, **the host of America's Next Top Model**, eventually disqualified her, which made Kelly and the audiences astounded.

★其中 Tyra Banks 和 the host of America's Next Top Model 為同位語。

KEY 11　fascinated by

Fascinated by **Gone with the Wind**, **one of the longest and the most remarkable novels**, especially its storyline, some fans even pay a visit to **Atlantic City**, **the central scene of the entire novel**, so that they can be truly satisfied.

★其中分詞構句中 Gone with the Wind 和 one of the longest and the most remarkable novels 為同位語，而於主要子句中 Atlantic City 和 the central scene of the entire novel 為同位語。

KEY 31　qualified for

Qualified for the desired position, Susan was asked to participate in the scheduled interview by the HR personnel in **Taipei 101, the landmark of Taipei** and the ultimate interview by an HR executive in **a boat-like seven star hotel**, **the only seven star hotel in the world in the metropolis Dubai**.

★其中主要子句中 the Taipei 101 和 the landmark of Taipei 為同位語，而 a boat-like seven star hotel 和 the only seven star hotel in the world in metropolis Dubai 為同位語。

關係代名詞子句

關係代名詞子句常見於各式閱讀文章中，關係代名詞是兼具連接詞與代名詞的功能，所帶的子句，為形容詞作用，修飾前方的先行詞，關係代名詞子句又稱為形容詞子句。

以 Lesson 2 介詞片語的例句為例，其實更常見於在 unlike/like 後名詞後面補充解釋前面名詞的概念使訊息也更為完整。

關係代名詞（人）		
1	主格	who
2	所有格	whose
3	受格	whom

關係代名詞（物和動物）		
1	主格	which
2	所有格	whose
3	受格	which

關係代名詞（人 物和動物）		
1	主格	that
2	所有格	X
3	受格	that

關係代名詞
who, whose, whom, which, that
關係副詞
why, when, where, how
關係形容詞
which, what, whichever, whatever...

複合關係代名詞
what, whoever, whosever, whomever, whichever, whatever
複合關係副詞
wherever, whenever, however
複合關係形容詞
whatever, whichever

關係代名詞

Lesson 2　例句中使用了關係代名詞子句的例句如下

KEY 42

With the economy in tatters, even most well-known companies **that** are ranked on the list of the fortune 500 have to cut their budgets in Marketing and Financial Department to weather the recession.

★句中使用關係代名詞 that，形成 that are ranked on the list…。

KEY 44

With the purchase of the copyrights of most creative Korean TV shows, most Taiwan TV shows are unable to attract the Asian audiences **that** they used to allure.

★句中使用關係代名詞 that，形成 audiences that they used to allure。

KEY45

With the addition of the advanced equipment **that** involves all senses and hiring of the best performing team **that** includes previous martial art experts and hilarious clowns, this museum has even earned accolades from picky museum goers.

★句中使用關係代名詞 that，形成 the addtion of the advanced equipment that involves all senses and hiring of the best performing team that includes previous martial art experts and hilarious clowns。

KEY 46

Unlike salesmen, **who** really need a powerful presentation and the best visual-aids to capture the eyes of the finicky clients and drowsy the audiences, librarians are obviously faced with a much less calmer battle simply because books will not talk back, let alone having an issue on **what** you say, but an overly awkward silence in a large library can sometimes be quiet fearsome in, you know, certain situations.

★句中使用關係代名詞 who，形成 who really need a powerful presentation…，而使用複合關係代名詞 what，形成 on what you say。

KEY 50

With the resilient body structures and adaptive organs **that** make them easily accessible to most habitats, this organism has evolved to live on land and in the sea, and it can even be found in sweltering summer and cold winter.

★句中使用關係代名詞 that，形成 he resilient body structures and adaptive organs that make them easily accessible to…。

KEY 51

With a temperature of up to 42 degrees in the afternoon and a temperature of 1 below at night, most desert animals are equipped with marvelous organs **that** help them ride out the drastic temperature fluctuations.

★句中使用關係代名詞 that，形成 organs that help them ride out…。

KEY 52

With her ability to walk in different settings and her charm to impress various designers, Sophie did phenomenally well in the runway walk **that** she got 4 out of 8 in the Toronto Fashion Show and 4 out 4 in the Hong Kong go-see challenge.

★句中使用關係代名詞 that，形成 that she got 4 out of 8 in the…。

KEY 55

With the abundant food resources provided by different plants and insects and varied shelters provided by most giant trees, tropical rain forests are the habitat **that** has the greatest diversity in the world.

★句中 food resources 和 varied shelters 後都省略了 which are，而主要子句後使用關係代名詞 that，形成 the habitat that has the greatest diversity in the world。

KEY 57

With the greatest diversity in the world, tropical rain forests have attracted thousands photographers **who** have a strong urge to shoot peculiar animals not normally present and unique scenic spots not normally found.

★句中使用關係代名詞 who，形成 who have a strong urge to shoot peculiar animals，而 animals 和 spots 後均省略 that are。

KEY 58

With the suggestion of multiple professors, Laura has made up her mind **that** she does need to work on a little bit of her bubbling personality so that sometimes people won't feel offended.

★句中使用關係代名詞 that，而形成 that she does need to work on a little bit of her bubbling personality…，其中 that 可省略。

KEY 61

With the rising temperature of up to 2 degrees and the melting of massive ice sheets in both the Arctic and the Antarctic, scientists believe **that** this phenomenon will surely affect the source of food for polar bears and giant predators.

★句中使用關係代名詞 that，而形成 this phenomenon will surely affect the source of food，其中 that 可省略。

KEY 66

Like most major smartphone brands, **(which are)** intended to allure more customers, some burgeoning, yet small, not so well-recognized brands are still working on attracting buyers in different countries.

★句中於 intended 前省略 which are。

KEY 67

Unlike most street protesters, **who** stay calmly and sit quietly, some demonstrators do not remain reasonable, nor do they wait for the response from the City Mayor.

★句中使用關係代名詞 who，形成 who stay calmly and sit quietly。

KEY 68

Unlike most theory-based courses, **which** put emphasis on longer reading texts and scholarly research potential, this course focuses on the practical approach.

★句中使用關係代名詞 which，形成 which put emphasis on longer reading texts and scholarly research potential。

KEY 71

Unlike Mayors of both Taipei City and Kaohsiung City, **who** have adopted the well-developed MRT system respectively, the Mayor of Taichung City has adopted a different approach of having the BRT system.

★句中使用關係代名詞 who，形成 who have adopted the well-developed MRT system。

KEY 73

Unlike the predecessors **that** can be traced back even to the Han dynasty, the descendant has come up with a certain approach by adopting a unique formula for the cuisine cooking.

★句中使用關係代名詞 that，形成 that can be traced back even to the Han dynasty。

KEY 76

Unlike most people, **who** attend the A.A. meeting, hoping that their drinking problem will be solved, Jane wants to do this all on her own simply because she thinks she does not have a genetic predisposition for alcohol.

★句中使用關係代名詞 who，形成 who attend the A.A. meeting。

KEY 77

Like most people, **who** have been expecting this year's Halloween, Mark is so excited that he has made a preparation for his costume as Ms. Obama.

★句中使用關係代名詞 who，形成 who have been expecting this year's Halloween。

KEY 79

Like most people, **who** are on the waiting list for the organ transplant, Jessica still has the belief that the best is yet to come even though the chance might be rare.

★句中使用關係代名詞 who，形成 who are on the waiting list…。

代名詞

代名詞子句常見於各類考試中，除了常見的文法選擇題，也出現在 IBT 閱讀，GMAT verbal 以及 IELTS 寫作等，在使用上需注意指代對象為單複數，指代對象為何，在人稱代名詞的使用上需注意人稱代名詞的格為何，是受格、主格、所有格、所有格還是反身代名詞。

代名詞關係代名詞子句又稱為形容詞子句。於本章中其實更常見於在 unlike/like 後名詞後面補充解釋前面名詞的概念使訊息也更為完整，而從屬連接詞具表不同功能的含意的引導從屬子句，用以修飾主要子句，不管是對等連接詞連接兩個對等的名詞，或是從屬連接詞在句子中的使用，連接詞其實扮演著很重要的角色所以以下將會介紹對等連接詞和從屬連接詞。

指示代名詞		
this（這個）/ these（這些）/ that（那個）/ those（那些）		
1	this/these	距離發言者較近。
2	that/those	距離發言者較遠。

指示代名詞		
用於取代句子前面重複出現的名詞		
1	that	句子前面為單數名詞。
2	those	句子前面為複數名詞。

人稱代名詞（第一人稱 單數）	
主格	I
受格	me
所有格	my
所有格代名詞	mine
反身代名詞	myself

人稱代名詞（第一人稱 複數）	
主格	we
受格	us
所有格	our
所有格代名詞	ours
反身代名詞	ourselves

人稱代名詞（第二人稱 單數）	
主格	you
受格	you
所有格	your
所有格代名詞	yours
反身代名詞	yourself

人稱代名詞（第二人稱 複數）	
主格	you
受格	you
所有格	your
所有格代名詞	yours
反身代名詞	yourselves

人稱代名詞（第三人稱 單數/男）	
主格	he
受格	him
所有格	his
所有格代名詞	his
反身代名詞	himself

人稱代名詞（第三人稱 單數/女）	
主格	she
受格	her
所有格	her
所有格代名詞	hers
反身代名詞	herself

人稱代名詞（第三人稱 單數/中性）	
主格	it
受格	it
所有格	its
所有格代名詞	X
反身代名詞	itself

人稱代名詞（第三人稱 複數）	
主格	they
受格	them
所有格	their
所有格代名詞	theirs
反身代名詞	themselves

所有格/受格（常考）	
第一人稱單數	my/me
第二人稱複數	our/us
第一人稱單數	your/you
第二人稱複數	your/you
第三人稱單數（男）	his/him
第三人稱單數（女）	her/her
第三人稱單數（中）	its/it
第三人稱複數	their/them

代名詞&代名詞子句

Lesson 1～2　的例句中有代名詞及代名詞子句的例句如下

KEY 2　commonly found

Commonly found in the eastern part of Africa, **guinea fowl**, one of the fastest running birds in Africa, is such a remarkable creature that **it** can run as fast as 20 feet per second.

★句中使用代名詞 it 代替主要子句主詞 guinea fowl。

KEY 3　extremely disappointed

Extremely disappointed by **Lenox**'s performance both in the photo shoot challenge and on-stage photo acting shoot, Tyra Banks, the hostess of the America's Next Top Model, eventually disqualified **her**, which made Kelly and the audiences astounded.

★句中使用代名詞 her 代替分詞構句中的 Lenox。

KEY 5　known for

Known for **their** keen vision to easily spot elusive prey, some birds can impressively find their prey even within a few seconds.

★句中使用代名詞 their 代替主要子句中的 birds。

KEY 9　failing to

Failing to convince **his** voters that rising house prices and low incomes were the trigger of the economy downturn in 2009 election, **this experienced candidate** eventually got beaten by a young and uprising adversary.

★句中使用代名詞 his 代替主要子句中的 this experienced candidate。

KEY 10 camouflaged into

Camouflaged into different shapes or colors as a deception, **some animals** have evolved into cunning predators and shrew prey to ensure that **they** will survive under the law of the survival of the fittest.

★分詞構句中使用代名詞 their 代替主要子句主詞 some animals，其後又以 they 代替主詞 some animals。

KEY 11 fascinated by

Fascinated by the storyline of **Gone with the Wind**, one of the longest and the most remarkable novels, **some fans** even pay a visit to Atlantic City, the central scene of the entire novel, so that **they** can be truly satisfied.

★分詞構句中使用代名詞 its 代替 Gone with the Wind，其後又以 they 代替主詞 some fans。

KEY 13 deeply seduced

Deeply seduced by the lure of expensive **iPhone series**, **countless people** just cannot resist **their** charm and **they** have become slaves to the smartphone.

★主要子句中使用代名詞 their 代替分詞構句中的 iPhone cellphone series，其後又以 they 代替主詞 countless people。

KEY 15 faced with

Faced with an imminent danger, **some animals** are able to respond to external stimuli by secreting certain hormones to protect **them** from getting injured.

★主要子句中使用代名詞 them 代替 some animals。

KEY 16　impressed by

Impressed by the earnings growth of the second sales division, CEO and the board committee have decided that **employees** of the second sales division will be having a free vacation trip to the Bahamas with **their** family members and take a short break.

★主要子句中使用代名詞 their 代替 employees。

KEY 17　delighted by

Delighted by the result of the second round speech contest, **Cindy** seems to be so overwhelmed that **she** has invited a bunch of strangers over and has such a wild night that the police even stop by to see if there is any drug trafficking involved.

★主要子句中的主詞 Cindy 由其後的 she 代替。

KEY 21　preferring to

Preferring to be in a small pond, rather than in an estuary or a large lake, **Jane** is reluctant to move forward and simply lives within **her** comfort zone even though **she** is capable of so much more.

★主要子句中的主詞 Jane 由其後的 her 和 she 代替。

KEY 22　confused with

Confused with **his** sexuality of whether **he** is bisexual, **Jason** eventually has a blind date with a campus quarterback teammate, but the encounter with **his** soon-to-be ex-wife **Susan** and **her** date in Disneyland has led to an awkward double date.

★分詞構句中使用代名詞 his 和 he 分別指主要子句中的 Jason，but 後的 his 也是指代 Jason，而 her 指代"Susan 的"約會對象。

KEY 23 initially serving

Initially serving as the breeding ground for most tree frogs due to **its** muddy and marshy habitat, this place is now laden with a variety of **snakes** trying to find **their** snacks.

★分詞構句中 its 指代 this place，其後 their 指代 snakes。

KEY 24 dedicated to

Dedicated to fulfilling the obligation for the army when **he** was a kid, **John**'s patriotism is noble, worth-noting, and gallant, but **his** actions has nothing to do with the once popular novel.

★分詞構句中 he 指代 John，而 but 後的 his 指代主要子句中的 John，表示"John 的"行為。

KEY 25 found exclusively

Found exclusively in Si Chuan, mainland China, **giant pandas** have not only captivated millions of foreign tourists, scholars, and biologists who want to study and take photos with **them**, but also allured the attention of more than ten country leaders, who want to introduce giant pandas to their own zoos.

★主要子句中使用代名詞 them 代替主要子句中的主詞 giant pandas。

KEY 26 eradicated by

Eradicated by the turbulent fire and soaked in chemical lotions, such as cooper, zinc, and related chemical substances, **roots** of plants are so significantly damaged that **they** are unable to regenerate for the upcoming season.

★主要子句中使用代名詞 they 代替主要子句中的主詞 roots。

KEY 27 immediately copied

Immediately copied by most Middle East countries after its launch in the New York Fashion Show, managers of **this fashion design firm** have decided that **they** will take a legal action against those imitators, but the counterfeiting problems still remain as an unsolved issue.

★分詞構句中附屬連接詞後的 its 指代主要子句中主詞 this fashion design firm，they 指的是設計公司的經理們。

KEY 28 written by

Written by best-selling **authors**, such as J. K. Rowling, Jack London, and Margaret Mitchell, **these books** certainly have a longer shelf life, and it is both a guarantee for book dealers and most fans of **theirs**.

★分詞構句中 authors 指三位作者，而主要子句中 these books 表示這些書，其中 theirs 指那些作者的。

KEY 29 ultimately earning

Ultimately earning more than fifty million US dollars in his tenth movie for his company, **Mark** has proven the fact that many people were wrong, including movie fans and major movie tycoons who looked down upon him, but an accidental drug trafficking and illegal drug use in the fancy mansion with **his** best friends caught by the police right on the spot have ruined all his hard work for the past two decades.

★主要子句中的 Mark 其後使用代名詞 his 和 he 代替。

KEY 30 deluding

Deluding many **female users** with **his** handsome look, sweet words, considerate greetings, and bogus title of **his** work, **the guy** in the social networking site has confirmed to the police that **he** used fake photos and most of the transferred money from **those women** has been used up, and **he** would rather be in prison for free three meals because **he** has no money left.

★分詞構句中兩個 his 均指代主要子句中的主詞 the guy，其後的三個 he 也均只指 the guy，而 those women 則指代分詞構句中的 female users。

KEY 32 completely overwhelmed

Completely overwhelmed by the whole break-up, **Jennifer** has a feeling that **her** life has been officially destroyed, and this has led to an extreme act for spreading rumors to **her boyfriend** in July and splashing acid on **him** in the office main gate.

★主要子句中使用的兩個代名詞 her 均指代主要子句中的主詞 Jennifer，其後的 him 則指代 boyfriends。

KEY 33 frightened by

Frightened by the intruder's breaking in at 2 A.M., **Jennifer** panicked and dialed 911 instead of 119, totally forgetting that fact that **she** has been relocated from California to Taiwan.

★主要子句中使用的兩個代名詞 she 均指主要子句中的主詞 Jennifer。

KEY 34 excited about

Excited about the upcoming trip of taking a water bus in one of the greatest cities in the world in Amsterdam, **Jimmy** is so thrilled about taking a totally novel vehicle that **he** couldn't sleep until the midnight, and this is the experience that **he** believes cannot be rivaled by any other means of transportation.

★主要子句中使用的兩個代名詞 he 均指主要子句中的主詞 Jimmy。

KEY 35 accustomed to

Accustomed to the teaching approach that is widely adopted in **his** own country, **Mark** finds it so hard to adjust even after consulting with professors in office hours; thus, **his** studies abroad have turned out to be a complete fiasco even with all the high university GPA and glowing recommendation letters.

★分詞構句中的 his 代替主要子句中的主詞 Mark，在轉折詞 thus 後的 his 也指 Mark。

KEY 36 forced to

Forced to retire due to **his** deteriorated lung tumor and declined renal function, **John** has to say goodbye to **his** six-figure salary, access to the company jet, quarterly dividends, and a year-end bonus which **he** has worked so hard for, but years of never-ending work and emergency have aggravated **his** health conditions and worsened proper functions of **his** vital organs.

★分詞構句中的 his 代替主要子句中的主詞 John，其後的 his 和 he 也分別指主詞 John。

KEY 37 equipped with+ native to

Equipped with potent venom as a powerful weapon and native to the North and South America, **rattlesnakes** are considered by most doctors as one of the most fatal snakes in the world and are marked by **their** tails for producing buzzing sounds.

★主要子句中主詞 rattlesnakes 由其後的 their 代替。

KEY 39 dissatisfied with

Dissatisfied with all wedding concepts and make-up artists, **Lisa** regrets for having made such a quick decision to sign with the agency, but the problem seems more complicated than **she** thought it was.

★主要子句中使用代名詞 she 代替主要子句中主詞 she。

KEY 42

With the economy in tatters, even most well-known **companies** that are ranked on the list of the fortune 500 have to cut **their** budgets in Marketing and Financial Department to weather the recession.

★主要子句中使用代名詞 their 代替主要子句中主詞 companies。

KEY 43

With the addition of All-Star Cycle to reality shows, this phenomenon has created a win-win situation because most **fans** can see **their** favorite contestants from previous cycles make a comeback and most contestants will be given a second chance to win the race.

★主要子句中使用代名詞 their 代替前面的名詞 fans。

KEY 49

With the increasing life struggles in extreme temperatures, most **Arctic residents** have abandoned **their** nomadic lifestyle and long-enduring wisdom of ancestors and move to the urban city for a better living.

★主要子句中使用代名詞 their 代替主要子句中主詞 Arctic residents。

KEY 50

With the resilient body structures and adaptive organs that make **them** easily accessible to most habitats, **this organism** has evolved fo live on land and in the sea, and **it** can even be found in sweltering summer and cold winter.

★分詞構句中的 them 指前句提到的動物（animals）代替主要子句中的主詞 this organism，其後又以 it 代替主詞 this organism。

KEY 51

With a temperature of up to 42 degrees in the afternoon and a temperature of 1 below at night, most **desert animals** are equipped with marvelous organs that help **them** ride out the drastic temperature fluctuations.

★主要子句中主詞 desert animals 由其後的 them 代替。

KEY 52

With **her** ability to walk in different settings and **her** charm to impress various designers, **Sophie** did phenomenally well in the runway walk that **she** got 4 out of 8 in the Toronto Fashion Show and 4 out 4 in the Hong Kong go-see challenge.

★分詞構句中的兩個 her 均指主要子句中的主詞 Sophie，其後又以 she 代替主詞 Sophie。

KEY 58

With the suggestion of multiple professors, **Laura** has made up **her** mind that **she** does need to work on a little bit of her bubbling personality so that sometimes people won't feel offended.

★主要子句中的主詞 Laura 其後由代名詞 her 和 she 代替。

KEY 62

With the latest smartphone device, **people** now can take a photo simply by pressing just a few buttons and **their** photos can be modified desirably.

★主要子句中主詞 people 其後由代名詞 their 代替。

KEY 63

With prodigious memory and tremendous body strength, **Mark**'s incredible potential has led **him** to have the ability to outperform some noted athletes and **his** teachers.

★主要子句中使用代名詞 him 指的是 Mark，其後又以 his 表示是"Mark 的"老師。

KEY 67

Unlike most street protesters, who stay calmly and sit quietly, **some demonstrators** do not remain reasonable, nor do **they** wait for the response from the City Mayor.

★主要子句中主詞 some demonstrators 其後使用代名詞 they 代替。

KEY 69

With a built-in self-healing mechanism, **some creatures** in the Amazon forest are able to regain **their** strength even after being bit from some ferocious predators.

★主要子句中使用代名詞 their 主要子句中主詞 some creatures。

KEY 72

During the rainy season, it is advisable that **we** not visit certain places adjacent to the equator so that **our** schedule of the trip will not be interfered with the heavy rain.

★主要子句中使用代名詞 our 代替主要子句中主詞 we。

KEY 75

With unpalatable flavor and unsavory tastes to protect **them** from being eaten by some predators, such as birds, insects, and rats, this defense mechanism has allowed **certain plants** to ensure **their** survival.

★分詞構句中的主詞代替主要子句中的 certain plants，其後的 their 也是代替 certain plants。

KEY 76

Unlike most people, who attend the A.A. meeting, hoping that their drinking problem will be solved, **Jane** wants to do this all on **her** own simply because **she** thinks **she** does not have a genetic pre-disposition for alcohol.

★分詞構句中的 her 和 she 均指主要子句中主詞 Jane。

Learn Smart! 043

iBT+IELTS+GMAT 文法狀元的獨家私藏筆記

作　　者　韋爾
封面構成　高鍾琪
內頁構成　菩薩蠻數位文化有限公司

發 行 人　周瑞德
企劃編輯　陳韋佑
執行編輯　陳欣慧
校　　對　陳韋佑、饒美君
印　　製　大亞彩色印刷製版股份有限公司
初　　版　2015 年 02 月
定　　價　新台幣 380 元
出　　版　倍斯特出版事業有限公司
電　　話　(02) 2351-2007
傳　　真　(02) 2351-0887
地　　址　100 台北市中正區福州街 1 號 10 樓之 2
E-mail　best.books.service@gmail.com

港澳地區總經銷　泛華發行代理有限公司
地　　址　香港新界將軍澳工業邨駿昌街 7 號 2 樓
電　　話　(852) 2798-2323
傳　　真　(852) 2796-5471

國家圖書館出版品預行編目(CIP)資料

iBT、IELTS、GMAT 文法寫作先修班 / 韋爾著. --
初版. -- 臺北市 : 倍斯特, 2015.02
面 ; 公分. -- (Learn smart! ; 43)
ISBN 978-986-90883-6-7(平裝附光碟片)

1.英語 2.語法

805.16　　104000773